書下ろし

枕争子（まくらのそうし）

突撃清少納言

町井登志夫

祥伝社文庫

枕草子(まくらのそうし)

突撃清少納言

目次

目次デザイン／上野 匠（三潮社）

第一部　長徳の変異聞

春はあけぼの
やうやう白くなりゆく　山ぎは
すこしあかりて
むらさきだちたる雲の　ほそくたなびきたる

『枕草子』

＊

時は長徳（九九五年〜）、平安の世の最盛期である。

京の御所、内裏は登華殿にて。

一条天皇中宮、定子のもとに中納言藤原隆家が参上した。このふたり、母を同じくする姉弟である。

挨拶のあと話しはじめるには中宮に扇を献上するという。弟から姉への贈り物である。

「私は実にすばらしい扇の骨を手に入れております。それに紙を張らせたうえでさしあげようと思いますが、なみたいていの紙では張ることができそうにないので、すばらしい紙をさがしております」

齢十七、まだ幼さも抜けない藤原隆家は、自慢げに述べたてる。

「どんなようすなのか」

　中宮は曲がりなりにも天皇の后(きさき)であり、威厳を持って聞いた。

「どこからどこまでもすばらしゅうございます。人々も『今までにまったく見たこともない骨のありさまだ』と申します。ほんとうにこれほどの骨は見かけなかったと」

　だんだん声高くなっていく。

　清少納言(せいしょうなごん)は言った。

「そんなに珍しい骨なら、扇の骨ではなくて、くらげの骨というわけですね」

　これには隆家も笑う。

「これはおれの言ったしゃれにしてしまおう」

『枕草子』〈中納言参りたまいて〉より

第一段　藤原隆家、花山院に矢を射る

1

長徳二年（九九六）一月十六日、初春の寒さ厳しき夜。

藤原隆家は弓を左手に携え、矢を箙に入れて背負い、見晴らしのよい高所に立った。

現在の太陽暦では二月。京の町は民家が冷気を阻害してくれるものの、冬のただ中だ。

一人ではなかった。隆家は十代とはいえ中納言。選りすぐりの猛者と一緒だ。平致光をはじめとしてのちに世に知られる強者たちだ。

隆家は彼らを、今は亡き太政大臣藤原為光邸の周りに潜ませた。

京のはずれにある、兄藤原伊周の通う美女の邸宅である。

前日、伊周は隆家を呼び寄せ、頭を下げて頼んだ。

「おまえを見込んで頼みがある」

「いかがした、兄上」

伊周はさらに声を潜めた。

「何者ともわからぬ坊主に女を盗られたかもしれない。藤原為光が娘のもとに身分の高そうな僧が通っているのを見た者がいる」

隆家はかすかに笑った。

「誰か突き止めろというのですか」

内大臣である伊周は首を振った。

「そんな面倒なことは頼まぬ。身元を突き止めてどうするというのだ」

「では何を」

「矢でも射かけて二度と来られないように脅しをかけてくれ」

なるほど。それなら自分は適任かもしれない。

兄は藤原伊周。父は藤原道隆。祖父、父と摂政関白の座を独占してきた。やがてはそれも兄が手に入れるであろう。兄は生まれながらにして貴族で、人の上に立つ者だ。

だが、自分は末子。そんな権力争いなど生まれたときから視界にない。それどころか宮仕えになじめないものを感じていた。くだらない人間関係にわずらわされるよりはと、勝ち負けのはっきりと決まる武芸の鍛錬を続けていた。

すでに弓は誰しも及ばぬ高みに達しており、剣の腕前もかなりのものだった。従者も、武芸に秀でた者でなければ連れ歩かないほど、強さにはこだわっている。

「わかった。お安い御用だ」

「すまぬ」

「一つ聞きたいのだが、脅しをかけるときに兄上の名前を出してよいのか」

「いいわけがなかろう。しかし通う女とのことは知られているから、気にしても無駄とも言えるが」

「あえて名前は出さないが、それなりに匂わせてもいいというのだな」

「よかろう。とにかく、その坊主が二度と我の女に近づかなければいいのだ」


夜もまだ浅いが、すぐに報告があった。件（くだん）の坊主が現われたという。

隆家は目をこらした。京の町は日が沈めば闇は深い。

こんなにすぐに姿を現わすとは熱心な坊主だ。そうまでして女のもとに通うとは仏門に入った意味があるのか。

ギィギィと重いものの回る音が近づいてくる。

なんと、牛車（ぎっしゃ）である。

これは相当名のある寺の高位な僧侶ではないか。暗くてはっきりしないが、装飾も華美と言えるほどに車をあつらえていることがわかる。そればかりではなく、なんと護衛に従者まで連れている。

むろん京の町周辺には金持ちの寺社は少なからず存在している。朝廷が仏教を重んじているのは伝統だ。二百年以上前に太政大臣にまでのぼりつめた弓削道鏡のような者はいないが、有数の寺なら金に不自由はない。

しかし――。

隆家は弓を構えた。

本分を忘れ堂々と女のところに通えばこういうことも起きる、と教えてやるべきだ。

隆家は矢を放った。威嚇の一射だった。

牛車のわずか前の道に、それは風音を高く地に突き立った。

牛車は歩を止める。従者が一斉に剣を抜く。

少しは根性があるように見受けられる。単なる贅沢坊主ではないようだ。そうでもなければ、出家したあとも女にかまけたりはしないだろうが。

隆家は用意していた言葉を放った。

「今すぐこの場から立ち去れ。おまえが通おうとしている女がすでに誰のものか知っておろう」

声は朗々と闇夜に響いたはずだった。

しかし、次の瞬間――。

ひゅん。

風を切る音。

矢だ。明らかに声の主である隆家を狙って放たれたものだった。

うめき声があがった。隆家のちょうど前にいた従者に矢が突き立っていた。

明らかな害意、敵意、殺意。

——なんだこの坊主は。

根性がすわっているどころではない。女をめぐって殺しも辞さないというのか。

いずれにせよ、もう脅しで済ますという話ではなくなった。射ってきたのだ。中納言たる自分を狙って。

隆家は瞬時に身を伏せるや従者たちに叫んだ。

「やれ。敵を沈黙させせよ」

従者たちは一斉に牛車に走り寄る。たちまち牛車の周囲に剣と剣がぶつかり合う金属音。甲高く空を切る刃の音。

もちろん隆家も誰かの後ろに引っ込んではいない。まだ十代の血気盛んな中納言は左手の弓を背に負い、従者とともに向かっていく。

闇夜で相手も見えないし同士討ちもありえるため、弓は使わない。腰に帯びた大刀を抜く。そのまま騒乱の真っただ中に突進していった。

敵はしっかり牛車を囲い、守備していた。数もこちらより多い。

しかし、人数は隆家にとって不利にはならない。牛車に駆け寄るや、そのまま敵一人に向かい高々と舞い、跳び蹴りを食らわせた。吹き飛んだ相手は、無様(ぶざま)な格好で自分の守る牛車に背中からぶち当たった。

着地とともに、左の敵に刀を振り下ろす。

——殺し合いか。兄上、なんてことをさせる。されど。

「是非(ぜひ)もなし」

続けざま反対側の敵に向く。隆家は振り下ろされた刃をかわしながら、腕を振った。相手は体勢を整えようとして、身を襲う激痛に気づいただろう。腕を振ったときに右腕を斬(き)り、返す刀で左肩を切り裂いてやったからだ。

さっき牛車にぶつかった男が身を起こして斬りかかってきた。しかし体勢が悪い。冷静に見切った隆家は、そのまま刀を薙(な)いだ。

男は首筋から肩にかけてざっくりと斬られ息を吐きながら崩れ落ちた。

しょせん坊主の護衛では、鍛え抜いた隆家たちの武にはかなわないということだ。

事ここに至って、さすがの剣呑(けんのん)な坊主も悟ったらしい。

牛車が走り出した。そのまま突っ切って逃げるつもりだ。

まあ全滅させるつもりはないから逃げられてもかまわないのだが、この殺しもいとわぬ生意気な坊主の正体だけでも知りたい。

隆家は背に手をまわして弓と矢をとるや、闇夜に消え去っていく牛車を射た。

鋭く飛んだ矢は、まっすぐに牛車に突き立ち、新たな飾りを加えた。

あれが目印となり追えるかと思ったが、あまり意味はないだろう。牛車はあっさり視界から消えた。

後に残されたのは向こうの従者の死骸が二人ばかり。血海の中で絶命していた。隆家方の被害は、いきなり射かけられた一人。なんとか息があるようだ。

隆家は言った。

「その屍（しかばね）二つから、首を持ち帰れ」

調べれば一体誰が雇い主かわかるかもしれない。兄は坊主の正体をつかんではいなかった。後々また面倒になるなら相手が誰かくらいは知っておくべきであろう。


隆家はその晩はまっすぐに邸（やしき）へと帰った。

一晩寝て朝になってから、自分が戦った相手の正体を探ろうという腹づもりであった。

だが、結果的にその必要はなかった。

はずれとはいえ京の町。さらに首の無い屍まで残っている。夜の間に噂（うわさ）は駆けめぐり、翌（あく）る日の高くなる頃にはすべてが広まっていた。

2

中宮定子のもとに使いが駆け込んできた。

「一大事でございます」

使いの震える声は、定子のそばに侍る清少納言にも聞こえた。

「中納言藤原隆家、内大臣藤原伊周の命により花山院の牛車を襲撃。従者二人を殺して首を持ち帰った上に、花山院の袖を矢にて貫く」

花山院とは、先代の天皇であり、今は法皇の地位にある。

兄弟の脅しが通ずる者ではなかった。大貴族藤原家などよりはるか天上の者が相手だった。

「清少納言」

中宮定子が呼んだ。

この先どうなるかを読め、というところだろうか。

清少納言はゆっくり考え、言った。

「まずは花山院さまの身には何もなかったことがよかったと思います。もし袖だけでなければどうなっていたか」

藤原隆家が最後に射かけた矢。それは牛車の薄い板を突き抜け、中で縮こまっていたであろう前の天皇の衣を板に射ちつけていたのだ。

「そうですね。とはいえ死者まで出したのですし、何事もないではすまないでしょうね」

定子はうつむいた。

なんと言っても下手人は定子の実弟であり、黒幕たるは彼女の実兄なのだ。一晩で京中に知れ渡ってしまった。最悪の場合、この内裏にも大事が起きかねない。

清少納言はいつものように帝の后たる定子を励ます。

「けれど中宮さま、この先どうなるかはわかりませんが、そこまで事態は悪くありませぬ。花山院は前天皇とはいえ出家した身。今上との血縁も近くはありませぬ」

今上天皇と前天皇とは親でも兄弟でもなく、従兄弟であった。現在の一条天皇擁立には藤原家の謀略が強く影響している。もはや今上天皇の周囲はほぼすべてが藤原家と言ってよいほとだ。

伊周と隆家の兄弟が多少無茶なことをしたにしても、そうそう処断できないという血族の重なりだった。

清少納言はそう言って定子を励ましたが、もちろん中宮の顔が晴れることはなかった。

藤原隆家は自らのしでかした不始末の話が次々に挙げられてくるので閉口していた。

とりあえず自邸に引きこもり、衛兵に誰も取り次ぐなと命じておいた。

けれど、その衛兵がまた駆け込んでくる始末。

「どうしても、と強引に中に入ってきまして」

目を伏せて畏(かしこ)まりながら衛兵は言った。

「誰ぞ」

「それが、中宮定子さまの使いだと」

隆家は舌打ちした。

「姉上か。仕方ない」

床に響く足音は軽い。

――女か。

姉上は後宮の者ではあるが、使者に女一人とは珍しい。とはいえ、こちらはもう疲れているのだ。

隆家は御簾(みす)の向こうに言い捨てた。

「文(ふみ)があるなら、それだけ置いて立ち去れ。言い置くことがあればここで聞く」

すると、いきなり甲高い声が投げつけられた。

「そういうわけにはいきませんよ」

声に聞き覚えがあった。

軽い衣擦れの音とともに御簾へ近寄ってくる。

隆家の御簾に手がかかり、開かれた間から女の顔がのぞいた。

――この容赦のない礼儀知らずの女は……。

「清少納言」

隆家はさすがに叫んだ。

「おい、いくら何でも女が単身男の家に上がり込み、あまつさえここまで近くに寄るのは穢れであるぞ」

「論にあらず。わたしがそなたを男と見ていなければよし」

「そんなわけがあるか」

いや、この女に限ってはありえる。

清少納言。隆家より十歳以上年長であり、宮中に使える女房としてはすでに相当の年齢だった。当人は過去に夫もいて、すでに子供もいる。本来なら隠居していてもおかしくない歳ながら、中宮定子と藤原家のたっての願いにより、未だ宮中にいる。

その深い教養と高い知力が故に。

周囲の人間を睥睨していた。武だけが取り柄の隆家など、石ころ程度にしか見ていないかもしれない。

最初はあんなではなかった、と兄伊周から聞いた。当初は自分が他の女御よりはるかに年かさなのを恥じて几帳の後ろに隠れて固まっていたとも聞いた。

とにかくこの女の恐ろしいところは、数か月もしないうちにその知識と知能で、あっという間に姉上、中宮定子の参謀役の座を手に入れ、そこから帝にまで影響を与える存在に成り上がってしまったことだった。

そして今、堂々と隆家の目の前にいる。

中納言と一介の女御という地位の差など全くないもののように。

「隆家どの、お話を聞かせていただきたくまいりました」

言い方こそ丁寧だが、有無を言わせぬ迫力がある。

「もう他の者から十全に聞いていると察するが」

「兄上どのの物言いはどうであったのですか」

「と言うと？」

「伊周どのは存じていたのか。相手が花山院さまであることを」

隆家は少し考えた。それから首を振った。

「それはなかろう。いかに兄上といえど、前の天皇を射てなどと頼みはすまい」

「それは真であろうか」

「なぜ疑う」

「これだけ衆目のある町中、わたしが少し聞いただけで、すぐ花山院さまの名前が挙がりましたよ。同じ女のもとに通われたことを知って頭に血が上(のぼ)ったにせよ、相手のことを事前に調べたりはせぬものなのでしょうか」

「俺はそんなこと考えもしなかった」

「それは隆家どのの愚鈍(ぐどん)さ」

「何だと、貴様、言っていいことと悪いことの区別もつかぬか」

「孫子(そんし)も言っております。知彼知己者(彼を知り己を知れば)、百戦不殆(百戦して危うからず)。まず彼を知るのです」

「女御が孫子を語るか」

「意味不明。漢文は女の素養です。話を戻しましょう。花山院さまの乗る牛車一つとっても贅(ぜい)を尽くしたもの。その素性はうすうすうかがい知れたでしょう。内大臣さまともあろう方が、いきなり戦(いくさ)を仕掛けることなどないはず」

「戦ではない。ただ脅せと言われただけだ」

「同じ話です。相手を知らねば始まらないのです。まして、人が死ぬような戦は、脅しただけという話では済まぬでしょう」

「先に仕掛けてきたのは向こうだ」

「前の天皇ともあろう方が、女の前で背を見せるわけにはいかなかったのでしょう」

「俺はただ、くそ坊主としか聞いていなかった。兄上もそう思っていただけのはずだ。でなければこんなことになるはずもない」

「それはそなたの見方ですね。それを頼んだときの伊周どのの様子を聞きたいのですよ」

「兄上ともあろう方がいかにも神妙で切実さが伝わってきたが、それ以外は変わりはなかった。やはり何も知らなかったのではないか」

「そうですか」

「俺にこんな話をしていても仕方あるまい。直接兄上のもとに行って問いただしたらどうだ。清少納言」

「すでに行っております。ここに来る前にとっくに。しかし残念ながら、伊周どのは不在。それも昨日からずっと」

「それは……。兄上はどこに行かれたのだ」

「それこそ中宮が知りたいこと。これだけのことをしでかしておきながら、伊周どのはどこに行ってしまわれたのか。せめて申し開きの一つでも帝の前で行なわなければ、収まる話も収まらぬ故」

「わかった。それを先に言え。俺も兄上を捜す」

声がした。

そして静かな足音が近づいてくる。

「私に何か用か」

「兄上」

「伊周どのか」

藤原伊周――『極めて眉目秀麗。博識』（『枕草子』『栄花物語』など）と評される男は、突然姿を現わした。

3

隆家と清少納言の目の前に現われた伊周は、からからと笑った。

「私に沙汰などない。隆家、おまえにもだ」

隆家はさすがに聞き返した。

「それはないでしょう。兄上、すでにもう起きたことは都中に知れ渡っております。いかに兄上とはいえ何らの懲罰もないとは思えません」

「それは花山院がやれと言った場合のみであろう」

伊周は前の天皇を呼び捨てにする。

清少納言は口を開いた。

「伊周どの、花山院さまから何のご沙汰もなかろうとわかっておられるのですか」

伊周は返答しなかった。しかし端整な顔がもうすでに答えを物語っていた。

隆家が言いつのった。

「なにゆえにそれがわかっているのですか」

「花山院と話をつけたからだ」

　これにはさしもの清少納言も啞然として沈黙する。

　隆家が少し間を置いて聞いた。

「花山院さまと直談判をしたというのですか」

　前天皇と。

「いかにも。先の帝とはいえすでに隠居して時が長い坊主に過ぎぬ。内大臣である私が出向いても、さほど不釣り合いではない」

　藤原伊周はその教養で天皇にも講義講釈をするほどの大臣。むろん先帝に直に面会に行けるほどの地位もある。しかしあの夜戦とも言うべきぶつかり合いの後に、堂々とそれをするとは。

　清少納言も次の問いには乾いた声になった。

「それではもう花山院さまはこれについて一切何もせぬと」

「そう言ってるではないか」

　隆家はかぶせた。

「どういう話になったのですか、兄上」

　伊周はただ笑っていた。

なおも問い詰める隆家と清少納言へ、伊周はこともなげに言った。

「女をめぐる争いである。女で片がつく」

「どういうことですか、兄上」

「俺は今まで通り藤原為光の三の君のもとに通うが、花山院は四の君のもとに通う」

隆家も清少納言もあっけにとられた。ようやく清少納言は言った。

「自分の通っていた女の妹を取引に使ったのですか」

「別に花山院は三の君でなければならない理由はないという。かつての后に似ていれば誰でもよかったというわけだ。四の君も三の君に負けず劣らず見目麗しい。三の君がいなければ俺が通いたいくらいだった」

「兄上、その言い方はあまりにも」

隆家の言葉に伊周は手を振った。

「これで話は終わった。もはや何もない」


数日。そして一週。

花山院からは何もなかった。

今上たる一条天皇は、恐る恐るあちこちに聞いたという。

「花山院さまにいたっては何の訴えもないのか」

実際、前の天皇は沈黙を守っていた。

第二段　藤原道長、伊周を貶める

1

伊周の言う通り、宮中は不気味にもしばらく静まっていた。

しかし、人の口というのは塞ぐことはできない。当人同士で話はついたとはいえ、噂はすでに広まっている。伊周と敵対する派閥はこれに乗じて追い落としにかかる。

その領袖たるは藤原道長である。

前の関白藤原兼家の死後、藤原家内部の摂政関白をめぐる骨肉の争いは、日に日に激しさを増していた。兼家の息子道隆の長男である伊周は、すぐさま内覧と内大臣に出世したが、兼家の五男であり伊周の叔父にあたる道長の出世は少し遅れていた。

しかし藤原道長は実姉で、今上たる一条天皇の実母の藤原詮子と組み、わずかな間に地位を逆転していた。これにより伊周と道長は宮廷における二大派閥となり、権力争いは熾烈を極めつつあった。

当人同士が口論するにとどまらず、従者が殺し合いに至ることまであったのだ。

そこに、この花山院奉射事件である。

藤原道長としては、当然花山院が何がしかのことをすると思っていた。訴えるなり不満を漏らすなり周囲に働きかけると思った。そこで一気に伊周らを潰す算段だったのだろう。

けれど先帝は動かなかった。自邸で沈黙を続けている。

伊周のしたり顔が浮かぶようだった。

事件から十日が過ぎ、花山院が動かないのを見て、ついに道長はしびれを切らした。噂だけを理由に強引に周囲を動かしはじめた。

まず、地方官の任命行事である県召除目（あがためしのじもく）から、伊周の席を排すように命じた。これくらいは伊周も予想していただろう。何も言わなかった。

道長の使いもたびたび花山院のもとに訪れ、伊周を訴えるように働きかけていたが、やはり前天皇は道長派を利するために動くことはなかった。

事態が動いたのはさらに一週間ほど後のこと。

やはり天皇の実母である姉の詮子を、藤原道長が焚（た）きつけたようだ。詮子は一条天皇に訴え出た。

「伊周の私邸、郎党（ろうとう）の家宅を検分してください」

一条天皇は当然いやな顔をする。事態をそこまで荒立てるつもりはないのだ。というより伊周と道長の骨肉の争いに巻き込まれるつもりはなかった。

　天皇は最初は首を横に振った。

「名分（めいぶん）がありませぬ。確かに事件は起こしましたが、花山院さまが何も言い立てぬ上に、矢を射た者は弟の中納言隆家です」

　このために伊周は自分が手を下さなかったのだろうとさえ思われる。

「そんなもの、伊周のこと、検分すれば罪名の一つや二つ出てくるでしょうが」

「それは本末転倒。罪名があってこその検非違使（けびいし）」

「されどこのまま伊周をのさばらせてはなりませぬ。今回このまま宮中がこのようなことをする内府伊周を野放しにしてしまえば、次にあの者は何をしでかしてくるかわかりませぬ」

　一条天皇はそれでも慎重だった。

「仮にも内府を務めるお方ですよ。処断は影響が大きい」

　しかし詮子はほぼ一晩かけて天皇をかき口説（くど）いた。

「伊周は私兵を領内に整えています。私兵とは、これすなわち謀反（むほん）の兆（きざ）しです。あってはならぬこと」

　実母である詮子に一晩中延々言われ続けたとあって、天皇もついに折れた。

　一条天皇は勅命（ちょくめい）を下した。

「内府伊周の私邸、郎党の邸宅を検分せよ」

疑われる罪名は、『東三条院詮子への呪詛』。

要するに、陰口悪口の類である。

これに関して天皇は、勅命のごくわずか前に中宮定子に密かに予告をした。さすがに実兄への捜査を突然に強行するのは、定子に申し訳ないと思ったのであろう。

もちろん、定子は清少納言に相談する。

清少納言は眉を寄せた。

「やはり。こんなことになるんじゃないかとは予想していました」

今までのおよそ二週間、何もなかったことの方がおかしかったのです、と清少納言は続けた。

「この事件を右大臣どのが利用しないはずはないですもの」

右大臣藤原道長は、摂政関白の座をなんとしても得ようと虎視眈々としている。内府伊周よりもその執着はすさまじい。伊周は眉目秀麗かつ博識で宮中の女御たちの人気も高く、若いうちに得るものはおおよそ手に入れているにもかかわらず、その叔父である道長は五男であり、常に兄たちの後回しにされてきたからだ。

前天皇に矢を射るという、この一件を道長が利用しないはずはなかった。

定子は聞いた。

「どうしたらいいのですか」

「残念ながら私どもにできることはありませぬ。もう帝が決められた以上ただ伊周どのには嵐が過ぎ去るのをじっと黙って耐えていただくしかありませぬ。それと隆家どのにも」

ただ少なくともここ数年、前関白の亡きあと、宮中では伊周派と道長派がしのぎを削ることによって均衡が保たれてきたという事実は否定できない。

されどこの一件により道長一辺倒に世が傾くなら、伊周の親族である定子といえども安穏ではないかもしれないという危惧はある。中宮には知ってほしくない大人のおもしろくもない政治の話である。天皇の寵愛深い定子には問題はなかろうものの。

伊周、隆家およびその郎党の邸宅捜索はかなり強引に行なわれた。あちこちで武器が見つかり、伊周の私兵が拘束されるか、逃げ出すのを目撃された。

ただその私兵はあくまで道長との争いに備えた者であったろうと考え、一条天皇はあえて問題にはしなかった。実際、道長勢と伊周勢はあちこちで死者も出る諍いをしていたのだから、調べれば道長にも同じようなものが見つかっただろう。

隆家が中宮定子のところにやって来た。

「私のところには形ばかりの検分で特に強引なことはなかった」

定子と清少納言はうなずいた。

やはり、あくまでこれは伊周を追い落とすために道長が仕組んだもので、実行犯にもかかわらず渦中にいない隆家のことは問題にしていないのだ。

定子は言った。

「私も兄の邸（やしき）からは怪しいものは何も出ていないと聞いております。これにてあの一件が落着するならよろしいのですが」

「真（まこと）に」

「しかし隆家、これからは自重してくださいね。武威（ぶい）を誇るに時と場合があります」

「しかと承（うけたまわ）りました」

隆家が深く頭を下げたときだった。

いきなり使者が駆け込んできた。

「大事にございます。内府どのが大元帥法（たいげんすいほう）を私邸にて行なっているとの由（よし）」

大元帥法――真言密教（しんごんみっきょう）の大法の一つであり、悪獣や外敵などを退散させる力を持つという大元帥明王（みょうおう）を本尊として、鎮護国家、敵軍降伏のために修する法である。

清少納言は叫んだ。

「ありえない」

「外寇（がいこう）からの防衛」「敵国降伏」を祈願する性格のものであり、よってこの法は天皇がいる宮中のみで行なわれ、臣下がこの法を修めることは許されなかった。

それを私邸で行なえば確かに大罪。

しかし伊周が「外寇」「敵国」から私事で日の本を守る方術を儀するなど論も筋もない。

清少納言は定子に言った。

「なぜ内府伊周どのがわざわざ私的に外交や戦技の法を行なわねばならぬのですか。どうかしています」

「ではやはり、企(たくら)みだというのですか」

道長が罠にはめた。このために検非違使を派して伊周邸を捜索した。

「今はそうとしか」

定子は叫んだ。

「兄上を呼んでください。当人に事の真偽(しんぎ)を問うのです。今すぐここに連れてきてください」

2

しかし中宮定子が招(よ)んでも、兄である伊周は現われなかった。

住まいにはいないという。不在は忙しい伊周によくあること。しかし翌日もその翌日も内府伊周は不在を続けた。

　そうしている間に、道長は着実に伊周追い落としを進めていた。やはり天皇の実母藤原詮子を抱え込んでいることは大きい。

　一条天皇の母詮子は出家して東三条院となっているが、もちろん朝廷には隠然とした実力を保っている。とは言うものの、もし息子である天皇に何かがあった場合、そのままの地位にはいられないだろう。まして中宮定子や内府伊周が権力を持ってしまった場合、詮子はただの天皇家に連なる者に落ちてしまう。

　藤原道長が朝廷を掌握すれば犠牲ははるかに少ない。詮子からすれば藤原道長は弟だ。言うことは聞かせやすい。

　事態は伊周の申し開きがまったく行なわれないまま進んだ。道長は相手の姿がないのをいいことに、うるさい貴族たちを取り込み懐柔し、伊周の地位と力を次々に奪っていった。

　中宮定子と清少納言は、焦りを通り越して絶望に襲われはじめた。

　定子から聞こえるのは、ため息とこの問いばかり。

「本当に兄上は、大元帥法などを執り行なったのでしょうか」

　それに対する応えはまた、毎日のように同じ。

「ありえません。治部省に許しをもらわなければならない上に、必要なお品書きを京中の寺に求めて調達し、さらに場所と時を経て宣旨しなければならないのです。そんなことをすれば誰に隠すこともできません。私たちは今まで内府どのがそんなことを行なったとは聞いておりませぬ」

「それはそうですが、ではなぜ、兄上はそんなありえない罪を着せられたのでしょうか。もしこれが、道長どのの企みであるとしたら、もっと何というか、兄上のやりそうなことをでっち上げてくるのではないでしょうか」

確かに。最初は東三条院詮子への呪詛という、罪とも言えぬような罪だった。天皇の実母に対して舌打ちくらいはしているだろうが、それを呪詛にされてはたまったものではないし、大罪と言うにはほど遠い。同情の声も最初は上がっていた。

花山院に矢を射かけたにしても自らが手を下したわけではないし、当の前天皇とはもう和睦は済んでいる。

やはり、大元帥法。

このような大罪を着せられかねぬ、大事。伊周は一体何をやったのだ。

そして今、どこにいるのだ。

ひと月余りのち、ついに道長が報告を一条天皇にあげた。

「法輪寺が上奏。内府伊周どのが大元帥法をなされたと」

斑鳩に建立された法輪寺は数百年の歴史を持つ由緒ある寺である。朝廷とも関係は深く、古くは聖徳太子とも関わりを持つと言われている。

その寺がこのように言ってきた以上、一条天皇としてももう態度を決めるしかなくなった。

「内府伊周どのと中納言隆家どのに沙汰を下す。身柄を拘束せよ」

それはすぐに中宮定子のもとに伝わった。

「法輪寺がそのようなことを」

清少納言は一言のもとに斬り捨てた。

「ありえません。今度こそでっち上げです」

「なぜそう言い切れるのですか」

「そんなことをあの由緒ある寺で行なったとしたら、斑鳩の町中で大騒ぎになっていたはず。それこそ伊周どのは、一躍今上を超えるという噂を都に触れ回ったことでしょう。そんなことがありましたか」

中宮定子は力なく首を横に振った。

「ではこれは一体どうしたことですか」

「大臣道長どのの謀略」

と言うよりその陰で糸を引いている、天皇の実母藤原詮子。東三条院。

「はかりごとだというのですか」

「いかにも。おかしいと思いませんか。内府どののもとに立ち入りが入ったのは二月（ふたつき）も前ですよ。それを今頃になって、はるか遠くの斑鳩の寺が名乗りを上げてくるなんて。大元帥法が行なわれたというのなら、最初から場所もわかっていたはずです。なぜ今まで斑鳩から何の音沙汰もなかったのですか」

「ああ、その通りですね。清少納言。ではなぜあちらは今になってこんなことをしてきたのですか」

「引っ込みがつかなくなっただけですよ。大元帥法を行なったと今上に上奏した以上、でっち上げでしたなんて言えるはずがないではありませんか。法輪寺はたっぷりと見返りをもらって名乗り出たはずです」

「それならわかります。では、間違いなく濡れ衣ですね」

「最初からそうだと言っているではございませんか。けれど今となってはすごく重い」

もはや事態がこうなった以上、道長も東三条院もけっして言（げん）を翻（ひるがえ）しはしないだろう。まして法輪寺まで巻き込んでいる。

清少納言は下を向いた。

「もうどうあっても伊周どのは処断されます」

3

斑鳩ほどではないが、京の東三条にも古い寺が並び、朝晩ともなれば読経の声が静かにこだまする。この地は庶民とは一線を画すたたずまいで、落ち着いた中にも荘厳な雰囲気がある。

とはいえ夜ともなれば明かりもない闇の中、なまじ人通りが少ないだけに、まだ宵に入ったばかりでも、黒い物の怪が侵蝕してくるような、不気味さと重苦しさに包まれる。

呼び名、東三条院。天皇の実母藤原詮子は屋敷の者たちの声を聞いた。

「何をなされる」

侍女たちが慌てふためいて飛び出してくる。もうみなが寝静まっていなければならない刻限だというのに。

「何やある」

詮子は尋ねた。

返答はない。代わりに現われたのは、暗き影。

「東三条院、何の存念か」

内府、藤原伊周。

堂々と侵入してきた。

驚愕と恐慌に襲われ、詮子は叫んだ。

「こんな夜に何の狼藉(ろうぜき)ですか。許されざる振る舞いです」

伊周は平然と歩いてくる。そして言った。

「夜来風雨声(やらいふううのこえ)、花　落(はなおつることしる)　知多少(たしょう)」

「な、何ですかそれは」

詮子の声は震えている。

「教養がないやつだな。もし清少納言あたりだったら、さっさと気の利(き)いた返しでも出てこようものを」

「ら、乱暴は許しませぬ。衛兵はどうしたのですか」

「まだその辺にいる。怖がって震えて小さくなっているよ。確かに夜襲なんてするほどの価値を認めないが、護衛たった二人とは帝も母上を安く見たものだな」

「何が言いたいのですか」

「それはこっちが聞きたい」

伊周はさらに接近した。刀を持っているのだろうか。こんなに暗くては何もわからない。

伊周は言った。

「なぜ俺をはめた」

「あなたこそ何をしたのですか」

詮子はまた叫んだ。

「道長は、弟は、あなたの家で何を見つけたか」

伊周は笑った。

「あれで『大元帥法』とは大きく出すぎたな」

「わたしはあなたが何をしたかは聞いておりませぬ。されど天皇と天皇家に対して重大な何かをあなたがしでかしたことは、誤りのないこと」

伊周は急に冷(さ)めたように遮(さえぎ)った。

「知らないのか」

「まだ聞かされておりませぬ」

「それでいながら、堂々と嘘のはかりごとで俺をはめたと言うのか」

「嘘ではない。法輪寺も奏上を」

「あ。それだ。やってくれたな、おい」

伊周が叫んだ。詮子は慌てて後退したがもう壁だ。

「大臣どの方の言だけでは信じてもらえないから、わざわざあんなところを引っ張り出したのか。やることがあまりにも下劣(げれつ)」

この時、屋敷の外で人々が動く気配がした。

静かな寺社通りとはいえさすがに騒ぎが大きくなったようだ。

伊周も長居は無用と悟ったのか。背中を向けた。

「あんたが首謀者だったらどうにかしてやろうと思ったが、何も知らないのなら命拾いしたな」

「何を言いますか。こんなことをしてただでは済みませぬよ」

伊周は笑ったようだ。

「千里江陵一日還(せんりのこうりょういちじつにしてかえる)」

「何のことですか」

「己らがしでかしたことを、ずっと後悔することになる。もう出した嘘は引っ込められぬ。生涯苦しむことになろう」

そう言って伊周は去った。


一条天皇は断を下した。

内大臣藤原伊周は大宰権帥(だざいのごんのそち)、花山院を襲った実行犯である中納言藤原隆家は出雲権守(いずものごんのかみ)への左遷。

実際には、配流(はいる)であり、京からの追放。貴族社会からの排除を意味した。

隆家は素直に捕まったが、伊周はまた行方をくらましていた。

隆家は自邸を取り巻く捕縛の検非違使に、進んで名乗りを上げた。

「自らのしたこと、逃げも隠れもせぬわ」

しかるに伊周は、郎党が「重病のため出られず」と言ったきり屋内は静まりかえっている。見た目にも不在なのがありありとわかるという。もちろん重病など偽り。

事態は膠着していたが日にちが過ぎて、ついに伊周も無駄な抵抗は余計に状況を悪くすると悟ったようで、ようやく姿を見せた。

散々待たされた検非違使は、弁明の余地も与えずに牛車に伊周を乗せた。


清少納言は話を聞きつけ、二条にある伊周の邸宅に走った。だが、もうその頃にはすべて終わっていた。

伊周の母である高階貴子が現われて一騒ぎ起こしたが、もはやすでに大勢は決していた。伊周は暴れることなく車に乗った。

清少納言が見たのは、最後にちらりと見えた伊周の顔。

不敵に笑っていた。

なぜ――。

中宮定子に報告を行なった清少納言は、そのことは黙っていた。

「結局伊周どのは何も言わず去られました」

中宮定子は御簾の中、うつむいた様子で何も言わなかった。

長徳二年四月のことだった。

そして、右大臣藤原道長が権勢を誇ることになる。

＊

日本から遥か遠く。大陸。

春が近づこうとも山地から吹く風は冷たく乾き、身も心も凍えさせる。

女真とも呼ばれる部族の長、アダクは娘たちに叫んだ。

「おまえたちは退避せよ」

娘の一人、リルが叫び返した。

「わたしたちも戦います」

「だめだ」

アダクは巨大な弓を引き絞った。天に放つ。それを合図に周囲の部下たちも一斉に矢を放った。

空中に大量の矢。弧(こ)を描いて流れ着く先は、迫る騎兵。

敵は、契丹(きったん)族。遊牧民を起源とし、馬上では無類(むるい)の強さを誇る。国号は、遼(りょう)。

強大な敵は、すでに砦(とりで)に迫りつつあった。数としては多くないが、いずれも精鋭(せいえい)なのが見てとれる。こちらが放った矢に倒れたものはごくわずか。矢の届く距離を見計らって間合いを詰めてきているのだ。

アダクは娘たちに告げた。

「この砦ももうすぐ終わる。我らは泥濘(でいねい)を越えて故郷へ向かう。そこでしばらく時を稼(かせ)ぐことができるだろう。おまえたちは準備をしろ」

リルがまた言った。

「敵兵はまだ少ない。この砦でも十分しのげるではありませんか。なぜ撤退してしまうのですか。せっかくここまで勢力を伸ばし、砦まで築いたというのに」

「あれは遼の軍の中でも脚の速い斥候(せっこう)、先遣隊に過ぎぬ。後ろに十倍の本隊が迫っておろう。それが到着し包囲されたら、全滅。ゆえにこの砦は捨てる」

さしもの気丈(きじょう)な娘も黙った。

アダクはさらに言った。

「敵を迎え撃つふりをし、その間に撤退するのだ。おまえたちがその先陣を切る。弱き者とともに走れ」

「わかりました」

ここに至ってリルはやるべきことを知った。

野営する部族単位で動く騎馬民族は常に家族とともにある。一つの邑（むら）が動いていると言っていい。馬にこそ乗れるものの年老いた女や子供もいる。逃げると決断したら早いほうがいいだろう。

リルは父に言った。

「故郷ははるか北東です。長いぬかるみがすぐ始まり、まだ雪の消えぬ険（けわ）しい山があります。道は北か、東か、どちらに」

父は首を横に振った。

「いや、その厳雪の中、駆けよ」

これには娘たちばかりでなく、部族のあちこちから声が上がった。

「女子供たちにとってそれはつらい道です」

「気づかぬか。すでに遼の部隊は回り込んでおる」

リルは見た。

敵精鋭の騎馬隊は、余裕を持って矢の射程距離から離れてこちらを見ている。

「伏兵（ふくへい）がすでに潜んでいるということですか」

「あれはいぶり出すためだ。もう配置は整っていると見た。我らが進める道は一つしかない」

　恐るべきは、遼の軍団。

　しかしそれを見抜いた父もまた、歴戦の強者だった。

「この砦に踏みとどまって戦うならば、本隊を待って完全に包囲し兵糧攻めにでもしてこよう。しかし砦を捨てるならば要所に伏兵を配し、撤退する背後から襲うつもりだ。いずれにせよ、やつらは一騎たりとも犠牲を払わずこちらを皆殺しにできる」

　思わずリルは叫んでいた。

「そこまでわかっているなら、なぜ」

　このままでは女子供から犠牲になってしまう。

　父は目を伏せた。

「すまぬ。なんとか遼の軍団を撃退できぬかと策を練っておった。されどやはりかなわなかった」

「事態はわかりました」

「一刻も早く女子供を走らせよ」

　リルは砦の北門を開いた。

　まず精鋭で先陣を切り、女子供が続く。全員が馬上だ。馬に乗れなければこの地では生きられない。

リルも馬に乗った。聞いた。

「父上は？」

アダクは弓を握り直す。

「当然しんがりだ。おまえは先に行き、女子供を逃がせ」

「しかしそれでは父上は」

アダクは不敵に笑う。

「策がないと思うな」


砦を出、女子供を導いたリルは、一団の後方へと回った。

見渡す限り泥土だった。

それだけならまだしも、所々にまだ溶けぬ残雪。

いかに馬に慣れた民とは言え、速度は極めて遅くなる。リルは自らも気を付けつつ、先を進む女子供たちの隊列が乱れぬよう、声と鞭を発しなければならなかった。

なぜこんなところに砦を作ったか。それは攻め込みにくい場所だったからだ。しかし撤退にもこれほど難儀するとは。

想定はしていても現実はひどかった。女子供たちの馬がなかなか進まない。父はまだ砦に残り、遼軍ににらみをきかせ、足止めしてくれているのに。泥土の水がはね、氷が割れ、馬たちが立ちすくむ。

　そして山から強風が吹き下ろすごとに、みぞれ交じりの雪が降りかかる。麓はまだ、すさまじい残雪だ。

　リルは叫んだ。

「先頭はどこまで逃げた」

　口伝えで隊列に伝わる。返答はしばらく待ってから来た。

「ぬかるみをようやく抜けました」

　リルはほっとした。これからは早い。

　と、その瞬間。

「敵襲！」

　ついに遼軍に回り込まれたようだ。

「防御態勢を。迎え撃て」

　リルは弓を構えた。

　わずかな平原は泥土ばかり。敵は遼軍精鋭。騎馬対騎馬の戦いになる。

　常なら圧倒的不利を意識するところだが、敵を見るに、明らかにその進みは遅かった。

　地の利は我にあり。

　リルは矢を放った。きれいに敵陣に吸い込まれる。

二の矢、三の矢。

馬が泥土に戸惑っている間に矢の数だけ敵を倒した。さすがにこれには遼軍も不利を悟った。一旦距離をとる。

「駆けよ」

リルは即座に決断した。敵が追いすがるか数を増やす前に逃げるのだ。泥土に敵が慣れぬうちに。

しかしこちらが逃げれば遼軍も距離を詰めてくる。それはそうだ。何のために精鋭が進軍してきたのか。皆殺しにするためだ。

リルたちは敵が迫ってくれば追い払い、敵が距離をとれば逃げた。それを七回か八回繰り返しているうちに、だんだんと味方の数が減ってきた。

敵の矢の威力が強い。それになんと言っても歴戦の度合いが違う。泥土のわずかな違いを見極めて、水たまりや雪原を回り込んで距離を詰め、矢を射てくる。こちらは女子供が逃げているのを確認しながらの反撃だ。

味方の先頭は相当先へ進んでいる。もはやそこまで追いつかれることはないだろう。しかし問題は自分たちだ。

リル、そして頼れる女真の若手騎馬隊。味方を逃がすことに専念するあまり、ついに敵精鋭と正面から向き合う形になってしまった。

じわじわと数を減らされ気がつけば全滅ということにもなりかねない。

リルは叫んだ。

「山にのぼれ」

味方から悲痛な声。

「しかし雪が」

春。雪は華北の大地からは消えず深く残っている。まして山。泥土などとは比べものにならぬ難儀さに、馬が足を止める。

リルは叱咤した。

「それは敵も同じ。我らは敵にとって困難な道を行くしかないのだ」

そして山にのぼれ、とは父から言われていた策だ。敵が追いすがってのぼってきたところを後から砦を出る父が挟撃する。父は最後に砦を出るため敵の動きが十分つかめている。リルはそれを信じて岩場から岩場へ、険しい山に馬を乗り入れさせた。さしもの愛馬も悲鳴を上げる。それでも少しでも高く。そうでなければ敵精鋭に伍して戦えない。

後方で怒号。最後尾が追いつかれた。ついに矢の勝負ではなく乱戦が始まっている。

剣の勝負では、戦闘経験が豊富な遼の先陣にかなうはずもない。

「もっと早くのぼれ」

リルは岩棚に馬を止め、大きな岩から下を覗いて矢を射た。高低差により矢の威力は増し、敵兵に吸い込まれる。また一人敵が倒れる。しかしいつまでもこの優位は続かない。

ついにリルの目の前に敵兵の姿が迫ってきた。

リルは剣を抜いた。ここまでか。

その時。

遼兵の後方から矢。背を射たれた敵兵は、身体(からだ)をのけぞらせるようにして落ちていく。

不意をつかれた遼軍は、次々にその数を減らした。

「父上」

リルは叫んだ。

やっと。間に合ったか。

「無事か」

下方から聞きなじんだ声。

作戦通りの挟み撃ちだった。遼軍は上方下方から飛来する矢に戸惑い、一気に形勢を失っていく。

「はい」

リルは声のする方向を見定め、のぼってくる父を援護した。

ついに合流を果たした。

しかし、遼軍は距離こそとったものの撤退する様子はない。なんとしつこい。

父は言った。

「敵軍に増援が到着した。数を頼りに攻めてくる」

「なんとかしのぎましょう。父上」

「女子供は逃がしたか」

「はい。なんとか山を越えている様子」

「よかろう。我らがここで踏みとどまり、敵兵をしのぐだけしのぐぞ」

言うと父は腹心(ふくしん)たちに声をかけ、鬨(とき)の声とともに敵兵の中に自ら斬(き)り込んでいった。

干戈(かんか)の音と血しぶき。

父は歴戦の勇者だ。遼兵精鋭だろうと引けをとらない。たちまち遼兵は数歩下がった。

一旦敵を追いやると、アダクはまたどんどん山にのぼっていく。今度はリルがついて行く側になる。雪はますます深まり、冷たさは肌を刺す。

それなのに、追うのをあきらめるはずの遼軍が、遠巻きに数を増しているのがわかる。

敵増援部隊が次々に山にのぼってきているのだ。地形の優位など、このままでは数で押し切られる。

アダクが全員に伝令するように言った。

「あの大岩の下までなんとかのぼれ」

突き出した大きい岩。山の中腹にまるで刺さったように姿を現わしている。

リルは父にささやき返した。

「しかしあの場は」

雪の中心。その深さは人の背丈に達する。そこに潜(もぐ)り込んで進めるのか。馬が持つか。

「もう我らにはあの場しかない」

父が言った。雪を盾(たて)にして遼兵のこれ以上の追撃を防ぐのだ。

確かにこのままでは全滅。是非もなし。

リルは馬に鞭を入れ雪中に飛び込んだ。馬がやはりもがく。それでもかすかにひずめの先が地に触れるようだ。なんとか前進できる。

しかも敵もまた深い雪の中にいた。矢は飛んでこない。このままいけるか。

無限に長いもがき。空気を求めて肺があえぐ。その顔に容赦(ようしゃ)なく雪が降りかかる。

それでもなんとか進む。

父たちものぼってきていた。

「皆、無事か」

「今のところ」

それしか言えない。

気がつけば仲間のすべてが大岩を背にしていた。

そして周囲は完全なる雪。眼前の敵に対して逃げ場はない。

遼軍はそれを見て取った。盾を前に出しゆっくりと進んでくる。包囲されるのも間もなくだった。

リルは叫んだ。

「父上」

父は首を横に振った。

「まだだ」

まだ。何がまだなのだ。決死で斬り込まねば、時がたつごとに包囲が深まり、なぶり殺しになるだけだ。

リルは残り少ない矢を射ようとした。父が止めた。

「まだだ。馬を休ませよ」

「なぜ」

その時、遼兵が陣形を変えた。雪原に散らばる無為(むい)を悟ったようだ。踏み固めた雪に全軍が固まり、一気に岩へ向かって突撃する陣形。

先頭から徐々に広がる三角は、魚鱗(ぎょりん)の陣。先頭が盾を構え、矢を防ぐ。そのままじわじわと進んでくる。

「父上」

もうだめです。矢ももうすぐ底をつく。兵数は敵が数倍も上。

大陸に覇(は)をとなえつつある大帝国、遼。アダクやリルら女真のかなう相手ではなかった。

父はこのとき、なんと軽やかに指笛を吹いた。

何をしようというのか。その甲高い音は遮るもののない雪の山肌にこだまして、響き渡った。

その瞬間。

腹を揺(ゆ)さぶる振動。

何かが切れる音。ちがう。それは大地の揺れる音。心臓の動悸(どうき)のごとき深く響く音。

父が叫んだ。

「馬を守れ。耐えよ」

とたん、リルにも見えた。

雪崩(なだれ)である。

巨大な雪の塊(かたまり)。雪山の斜面を削りながら、その体積を倍増させ膨(ふく)らむように迫ってくる。

遼兵は慌てふためいた。もはや陣形などそっちのけで逃げ惑うが、雪面に逃げ場などない。

轟音(ごうおん)。

遼軍は容赦なく飲み込まれた。馬も軍備も人間も。跡形もなく白い雪の中に入り込んで見えなくなった。

　リルたちは突き出した岩場の下にいることで、雪崩の直撃は受けない。しかしそれでも飛び散った雪が天高く舞い、視界はなくなった。

　ただ白かった。

　馬も暴れ出す。己も埋もれると思っているのがわかる。必死に押さえつける。それでも周囲に積もる、雪また雪。

　気がつけばすべては終わっていた。

　遼兵は全滅。すべては雪下にあった。

　父は聞いた。

「みんな無事か」

　リルは答えた。

「はい、父上」

　先に頂上にのぼった先陣が斜面の雪に切れ目を作り、雪崩の準備をしていたのだ。それを最後まで悟らせず、敵を引きつけるのが父の策だった。

　父はようやく微笑(ほほえ)んだ。

「よし、帰るぞ」

　リルたちは満身創痍(まんしんそうい)でまた山をのぼっていく。

思わず父に言っていた。

「故郷に戻っても遼兵は強く、我ら女真はあまりに数が少ない」

大陸の中で遼はあまりにも強大。すでに周囲の部族はほぼすべて遼に服属していた。

父もうなずいた。

「わかっておる。我らにはきっと同盟が必要だ」


数か月後。

アダクは娘リルに言った。

「我が女真族の未来のため、おまえには自分を犠牲にしてもらわなければならない」

「なんなりと」

娘は冷静に返す。待ち望んでいたことだ。

故郷の邑に帰ってからも遼との戦闘は断続的に続いていた。弱いところを見つけては押し込んでくる。父アダクの率(ひき)いる部隊は精鋭であるがため、毎日戦いに向かわなければならなかった。

「おまえには我が女真の未来を背負ってもらわねばならぬ」

「もとより覚悟の上」

「己の身体を礎にしてもか」

「そのためにこの世に生を享けたのです」

アダクはうなずいた。

「よかろう。我が娘であることに感謝する。ありがとう」

「なにをもったいない。我がなすべきことをお伝えください」

「おまえは船に乗る。そして故郷を遠く離れ、見知らぬ地へと行ってもらう」

故地を離れた女真の小部隊は南へと向かう。

率いるは部族の長の美しき娘、リル。

リルが目指すのは、湊、そして海の向こう。

第三段　和泉式部、異族と会う

1

長徳の変あるいは花山院奉射事件より、少し時をさかのぼる。

和泉式部は最初の娘、のちの小式部内侍を出産するにあたり里帰りをした。

平安時代を代表する歌人と評される和泉式部ではあったが、このときはまだ初めての子の健やかなることを願う、一人の母に過ぎなかった。貴族の家に生まれ、漢文などの素養は十分に積んでいたが、そのまま中流貴族に嫁ぎ平穏に暮らすつもりでいた。

郷里は因幡国湖山。現在の鳥取市鹿野。

和泉式部は安産祈願のため、その地にある住吉神社へ十七日間にわたって参詣し、娘は鹿野町水谷で生まれたとされる。住吉神社の西には産湯に使われたという井戸が残っている。

藍を思わせる蒼深き水面に陽光がきらめく海の近く。粗末な家々が並ぶ田舎である。和歌や漢詩が飛び交い、市場が並ぶ京の町とは天地ほども違う。

初めての出産には頼れる親類縁者の多い郷里の方がよいと、和泉式部はこの地に帰ってきたのだ。

和泉式部は今日もまた住吉神社への詣(もう)でを終えて、里に下りようとしていた。山で採(と)れる山菜に加え、すぐ近くの海から採れる海の幸は、これから生まれる子供にとって最高の滋養になろうとも思っている。

けれどその日、里の道に下りた和泉式部のもとへ駆け寄ってくる者があった。顔見知りの邑人(むらびと)だ。

「ちょうどよかった。捜していましたよ」

邑人は慌てていた。和泉式部は怪訝(けげん)な顔をしてしまう。続けて言われた。

「是非お助けをお願いしたいんです」

「何のことでしょうか」

「あなたは京で異国の言葉を勉強なさって、少しは話せるんでございましょう」

思わず言葉を失う。

京で親しむのは和歌や雅(みやび)、異国情緒であって言葉ではない。

「どういうことですか」

「湊(みなと)に異人の船が流れ着いて、言葉に不自由しているんでございますよ」

再び絶句してしまう。

わたくしには荷が重うございます――そう言おうと思ったときには、数人の邑人に囲まれていた。

「とにかく来てください。お願いします」

「そんな」

わたくしはこの通り身重です。もう幾月もせず子供が生まれるんです、などという言葉なんて聞いてもらえない。

邑には身ごもった女は当たり前にいるものだし、お産の直前まで平気で漁や農作をこなしている。

ため息をついて邑人たちの案内についていくと、坂を下りてそろそろ湊が視界に入ろうかという辻で、邑人が大勢集まっていた。

中心にいるのは数人の異人。

邑人が対峙していて明らかに困った顔をしている。やはり言葉の問題か。

和泉式部は最後の抵抗を試みた。

「北の海にはよく高麗の方も流れ着くではありませんか。その方を呼べばいいのに。わたくしなど……」

その言葉に数人が振り返った。

「高麗人なら私どもも困りませぬ。どうやら唐土です」

そうか——日の本と高麗は海を挟んで向かい合わせだ。波は荒く、難破して流れ着く者だって少なくはない。その中には互いの国に住み着いている者だってやはり少なくはなかった。だから高麗人であればわざわざ自分がかり出されることはなかった。

唐土すなわち大陸。つまり宋か。しかし潮の流れは宋からは異なるし距離も近くない。ここに漂着するということは大変な難航路だったろう。

少し同情した和泉式部は前に出た。いずれにせよ、少し話してみようと。

驚いたことに、異人たちの中心にいるのは若い女だった。和泉式部とさほど年齢も変わらないだろう。眼が大きくくっきりとした顔立ちは実年齢よりしっかりとした印象を与えるから、意外に自分よりも若いのかもしれない。

そして女性の後ろには舶来品の山があった。因幡どころか、京でも滅多にお目にかかれないような珍しい物品が置かれている。

艶やかな毛皮は身体に巻けばさぞ暖かだろう。見たこともないほど巨大な動物のものだ。そして陽に輝く色とりどりの石々。宝玉というのだろうか。さらには干した肉。あちらの獣のものと見える。

和泉式部は驚いた。

「市場を開こうというのですか」

すると、今まで異人の女と話していた邑人の長が口を開いた。

「これらの品物を高く売りたいと言っている。そこまではわかった。しかし、わかるだろう。そんな金子はここにはない。京に持って行けば高く売れるのはわかっているのに、買えないのだ。もしわしらに品物を預けてくれるなら、市に持って行って売ることができる。儲けは半々でもいいし、もっと高くとりたいというのなら話を聞く。そう言いたいのだが、うまく通じぬのじゃ」

そんな複雑な話をやりとりしようとしていたのか、言葉も通じない異人と。それなら困るはずだ。

和泉式部は高麗言葉ではなく、発音もおぼつかない宋言葉で話しかける。

「わたくしは和泉式部と申します」

目の前の美しい女性が答えた。

「わたしはリルだ」

近くで見るとさらに眼が大きく、色は白いが雪焼けと言うのだろうか、所々狩人のように肌の色に濃淡がある。

「宋人の名ではないですね」

「はるか北、高麗よりも北、女真から来た者だ」

「わかります。宋の産品でもないようです」

これだけ会話するだけなのに、宋言葉のみならず地面に漢字を書き合いながら、やっと意思の疎通が図れた。途中から和泉式部は少しずつ楽しくなってきた。

　リルは時間をかけて言った。

「わたしはしばらくこの島にとどまりたい。そのために故郷の値のある品をこちらで売る」

　大陸からすれば、日の本など大きな島に過ぎない。

「どれくらい長く滞まりたいのですか」

「わからない。一年になるかもっと長くか。いずれにせよわたしたちは狩人だ。山で獲物を捕って暮らしていくこともできる」

　和泉式部は邑人たちの話を伝えた。

　言葉が通じればリルはあっさりうなずいた。

「かまわない。半分とってくれ」

「いいのですか？」

「あなたを信じよう。和泉式部」

　そんなことを言われてしまうと、身重の人間にはさらに重荷に感じる。でも乗りかかった船だ。

「なるべく高く売れるように頼んでみます」

「ありがとう。あとは、山に家を作ることを許してもらえないか」

邑の長に話すと、あっさりと許可が出た。邑のしきたりを守るならいいだろうと。

「稀人(まれびと)は歓迎する」

それでなくても楽しみの少ない田舎だ。客人は精いっぱいもてなそう、と言う。

リルは言った。

「ありがとう。感謝する。わたしはいつか故郷に帰る。何年かはわからないが、それまでお世話になる」

「じつはわたくしも子供を産み育てるためにここにいる者です。本来はこの国の都、京にいます。いつかこちらの国の言葉も覚えてください。でなければわたくしが去った後、困るでしょうから」

「そうする。少しずつ覚えていく。わたしも連れの者も」

和泉式部は疑問に思った。

「あなたはなぜここに来たのですか。はるか遠くの北の地から」

「我が部族のためだ。会う人がいる。ご存じないか」

「どなたですか」

リルは名を地に書いた。

和泉式部は目を見開いた。

「このお方は」

第四段　鬼退治から十年経つ

蓑虫。いとあはれなり。鬼の生みたりければ、親に似てこれも恐ろしき心あらむとて、親のあやしき衣ひき着せて、「今、秋風吹かむをりぞ来むとする。待てよ」と言い置きて、逃げて去にけるも知らず、風の音を聞き知りて、八月ばかりになれば、「ちちよ、ちちよ」と、はかなげに鳴く、いみじうあはれなり。

『枕草子』

1

時は寛仁三年（一〇一九）の初春の候。長徳の変より二十年余りのち。

和泉式部の娘、小式部内侍は二十歳になっていた。義父のあてがってくれた使用人とともに京に住んでいる。

母は幼い頃自分も生まれた因幡国の話をたびたびしてくれたが、長じるにつれて小式部内侍は、そのほとんどを忘れてしまった。

それは自分に通って来てくれる男もできて、母も再婚し別々に暮らしていることが大きかった。自分はもはや、便利な京から離れたくないと思う。

母は有名な歌人。なんと言っても和泉式部であり、町の人は娘の自分にまでその噂を伝えてくる。母の詠(よ)んだ歌まで教えてくれる。それはそれでありがたいことではあるのだが、娘の自分は自分である。余事にかまけていると、時はどんどん過ぎていく。

それでも最近はまた母と話すことも増えてきた。

というのは再婚した母が、田舎で暇になったからだ。

再婚相手である藤原保昌(やすまさ)は有名な武士らしいが、それだけに任地を幾つも掛け持ちし、本来の領地である丹後(たんご)にはなかなか戻らないという。京から北へ二十里余り、丹後の地は山の中にぽつりぽつりと村がある程度。草と虫たちの相手をする以外特にすることもない。母は娘を呼んで話をしたがった。

小式部内侍の方も時々はそれに付き合う。

こちらもせっかくできた夫と、身分違いを理由に仲を引き裂かれてしまったのだ。

夫は藤原の由緒ある家柄だった。もう今となってそんなことを言いたくないが、自分のもとに自ら好んで通ってきてくれていたのだ。周りがやめさせることはできないはずだが、今の世は関白たる藤原道長とその取り巻きの意向で、すべてが変わってしまうのだ。

小式部内侍もそんないやな都暮らしより、母のように田舎に引きこもりたい気もしていた。

というわけで、お付きの者を連れて丹後に行ったりもする。

今日も母はわざわざ外まで出迎えてくれた。

「よく来たね、何もないところだけどゆっくりしていきなさい」

「何もないなんて。京の人は、丹後は素晴らしくきれいなところだと話していますよ、母上」

「京の方が何でもあるでしょう。ここは何にもありませんよ」

「すごくきれいなんですってね。天橋立（あまのはしだて）」

「あまのはしだて。はて、そう言えば山の奥にそういうのがありましたわね」

この時代、天橋立は現代のように手が加えられた松の道ではなく、自然が作った天然の砂州のままだった。それでも絶景として、京はおろか日の本中にその名は知られていた。

母は言った。

「大江山（おおえやま）の深くまで分け入らないと見えないそうよ」

「大江山って鬼がいた、今もいるという山でしょう」

小式部内侍が言うと、母は少し黙った。それからはっきりしない声で言った。

「そんな風に言われてもいたけど」

「何を言っているの。京ではすごいお話になっていますよ。源　頼光（みなもとのよりみつ）どのや他の武将たちが鬼退治をしたって。しかもそれ、義父（おとう）さまもでしょう」

藤原保昌、和泉式部の現在の夫である。

源頼光らとともに大江山で鬼の首を取った。

京ではその活躍が絵巻になるほどだ。

母である和泉式部は、またはっきりしない声で言った。

「もうその話はやめましょう」

「どうして。義父さまの活躍が聞きたいと思ってここに来たというのもあるのですよ」

「だって、怖いから」

*

京のはずれ。

清少納言は貧相な建屋の縁に座り、陽光をもとめて勝手気ままに背を伸ばす、庭の草木を眺めていた。

蓄え(たくわ)があるので食うに困ることはないが、家の修繕までしていたらその蓄えも心配になってしまう。だから、つい見てくれなどは放っておいてしまうが、おかげで近所でも笑いものにされているのは知っていた。

腹が立つが、だからと言ってどうにもしようがない。

すでに齢五十。

とっくに鬼籍に入っていてもおかしくない年齢だ。

実際同じく宮仕えしていた仲間たちはみな死ぬか、孫が数人生まれ、あとはお迎えを待つばかりになっている。

仕えていた中宮定子も十数年前に身罷り、それを機に宮仕えをやめた。

定子の実兄である藤原伊周もすでに亡い。

それからほどなく一条天皇も崩御する。

今の世は、完全に藤原道長の思うままになっている。後一条天皇が今上である。藤原道長が一条天皇に嫁がせた彰子の産んだ子である。道長の孫だ。

わたしはすでに長く生きすぎた――。

昔から美しいと言われたことなどないが、政のあれこれに首を突っ込んでいるうちに、まるで男のような厳しい顔になったと言われるようになった。別にどうでもいいことではあるが――。

その時、外に人の気配。

時折、馬鹿な男たちが来たりする。「清少納言も落ちぶれたものよなぁ」とわざわざ言いに来るのだ。大抵は居留守で逃げるが、目に余る場合は追い払う。

しかるに今回は気配が違った。

牛車の進む音。

かなり地位のある者が、わざわざ邸の前に乗りつけたのだ。

どういうことか。いぶかしんでいると声がした。

「清少納言はあるか」

女である。

「誰か」

「話がある。お目通り願いたい」

持って回った言い方をするということは、本当に何かあるのだろう。清少納言は戸を開けた。

やはり女がいた。明らかに宮仕えとわかる着物。

しかし長いこと宮廷を離れているため、まったくその顔に覚えはない。

「こんなところでよければ上がられよ。しかし、いずこの者ぞ」

「我が名は紫式部」

その噂は聞いていた。類稀なる智嚢。自らと並ぶ才女。

「こたびは関白さまの使いでまいりました」

関白すなわち藤原道長。

「関白どのがなぜ？」

「外に聞かれたくない話です。中でよろしいか」

紫式部は返事も待たずに入ってきた。

顔姿を見るに十は年下なのは明らかだが、完全に清少納言を見下(みくだ)している。

それはそうだろう。日の本の頂(いただ)きにいる藤原道長の伝言を伝えに来たのだから。それでも、否(いな)、それゆえ気に食わないこと、この上なかったが。

だから清少納言はわざとこう口にした。

「藤原道長がこんな老骨(ろうこつ)に何の話です」

呼び捨てか——紫式部は目に怒りを浮かべたが、つとめて平静な声で言った。

「淡路守(あわじのかみ)どのは別に話す必要はないと言いましたが、関白どのが伝えておいてやれとおっしゃられました。ゆえにわたしがここに参りました。申し伝えます。大宰少監(だざいしょうげん)どのに追っ手がかかりました」

「兄上に？」

清原致信(きよはらのむねのぶ)、清少納言の三兄である。

「なぜ？」

「訳は当人より聞いてください。生きている間にですが。それではわたしは申し伝えましたからね。後で聞いていないなんて言わないでくださいね」

紫式部は立ち上がった。お役目さえ果たせばもう清少納言などに興味はない。言外にそう伝えたいのも透けて見えた。

だから清少納言は言ってみた。

「あなた自身は知っているのか。なぜ、わたしの兄に追っ手がかかっているのかを」

「知っていたとしても、それをあなたに伝えることは関白どのの命には入っておりませんので」

「と言うより、兄が死なねばならない訳を、道長はあなたにちゃんと教えてくれたの」

ただの伝言。使い走りの女。そういう扱いだったのでしょう。

清少納言の挑発に紫式部は一瞬すごい勢いで振り返った。けれどすぐに自分を取り戻したか、ゆっくりと息を吐いた。やはり巷にまで噂が通る才女だけのことはある。

そして静かに紫式部はまた背を向ける。そのまま背中で冷たく言い放った。

「鬼を蘇らせようとしているなら、人の内には入れられませぬ」

2

紫式部が去ったあと、すぐに清少納言は兄の邸宅に向かった。

兄である清原致信は、他界した父よりずっと出世が遅く、世の中に鬱屈とした感情を抱えている。この頃は、藤原保昌の郎党集団の一員になっていると聞いた。

藤原保昌は大和国の所領の利権をめぐり、関白道長配下の源頼親と対立していた。敵は多い。いつかはこんなことになる。そう言って何度もいさめたが、兄の致信は聞く耳を持たなかった。

間に合えばよいが――。

しかし、わざわざ人をよこす道長のことだ。すべてが終わったあとなどという無下なことはすまい。

御所の南、六角富小路の辻あたり。

清少納言が急いで駆けつけると、致信の姿はその邸内にあった。

「兄上、とりあえず逃げろ」

「なんだ藪から棒に」

致信はあっけにとられた様子で言う。

「藤原道長の使いが来て告げた。兄上は殺される」

思わぬ言葉に、致信は動揺を見せる。

「なぜおまえがそんなことを教えてもらえるのだ」

「殺す本人に教えるときは死ぬ直前だわ」

「こざかしい理屈をこねるな。だからおまえはなぜ……」

「そんなことは今どうでもよかろう。どこまで行けるかわからないが、さっさと逃げろ」

「おう、それもそうだな」

致信は動転して立ったり座ったりうろうろしている。もう六十に近いのだから覚悟を決めてもいい年齢だが、まだ子供じみて感じられた。

いらだつ清少納言は言った。

「重要なことをまだ聞いていないぞ。兄上」

「なんだ」

「追っ手がかかる心当たりよ」

「ない」

「ないわけがあろうか。わざわざ関白どのの使者が知らせに参られた。京の政所（まんどころ）にはもう周知の事態よ」

「知らんものは知らん」

「鬼は……」

清原致信はびくっと飛び上がりそうになり振り返る。このあたり確かに顔に出すぎて、悪巧（わるだく）みには向かない。

清少納言は重ねた。

「大江山か。やはり」

「それも道長公はご存じというわけか」

「二十年も日の本のてっぺんにいるのだ。知らぬわけがない」

「逃げても無駄かもしれぬ」

致信はどっかと座った。清少納言は聞いた。

「兄上は鬼を蘇らせようとしているのか」

「聞け」

致信は声を低くした。

「今の世のすべては関白道長どのの天下ぞ。帝といえども関白どのの顔色をうかがって生きておる。天下の帝がだぞ。しかもその天下は子々孫々に及ぶ。関白どのが中宮皇后をみんな藤原から送り込んでいるからだ。時を降（くだ）るごとに藤原の血は濃くなり、もはや天皇家は藤原になってしまう。しかも誰一人止めることはできぬ」

「そんなことはわたしが宮仕えしていた頃から周知のこと。今更何であるか」

「だったらこんな暗雲をひっくり返すには、よほどのことをせねばならぬという話だろう」

「それで鬼か」

「それくらいのことをしなきゃならないって話だよ」

「愚（ぐ）。愚の骨頂（こっちょう）。それでも我が兄か。鬼が一体どういう者か、知っておったであろう」

「おまえに言われる筋合いはない。俺だってもうすぐ六十ぞ。明日死んでもおかしくない歳よ。だが、生きていてよいことなんて一つもなかったではないか。藤原にあらずば人にあらず。ろくな地位も得られず、ろくにうまいものも食えず。そんなのってあるか」

「そんな話は聞き飽きた。どこまで話は通っておるのだ」

その時だった。

門扉が蹴破られた。

「清原致信どのとお見受けする」

十人ばかり男たちがなだれ込んできた。

「お命頂戴する」

その言葉が終わらぬうちに、すでに一人、血を噴き出して倒れていた。

不意をついた致信が、持っていた刀で斬り下げたからだ。続いてもう一人に向けて刀を振るう。

清少納言は叫んだ。

「兄上、やめろ」

「黙れ。おまえが教えてくれたおかげで覚悟だけはできたわ」

致信はなおも刀を振り回したが、多勢にたった一人。回り込んだ武者に背を斬られ、もがいた瞬間に正面から胸を貫かれた。

駆け寄った何人かに薙で斬られ、致信は声もなく地に倒れた。その身体から湧き出るように血だまりが広がっていく。

清少納言は瞳をとじて深く息を吐き、首を振った。最後まで愚かな兄上――。

武者たちは血にまみれた抜き身を下げたまま、清少納言を向いた。

「女、おまえは誰だ」

「そこに転がるのの妹、清少納言やわ。おまえたちこそ……」

清少納言は居並ぶ強者どもの顔を見た。

「その顔は源頼光か。それに、渡辺綱（わたなべのつな）、平 貞光（たいらのさだみつ）か。たかが老いぼれ一人殺すのに勢揃いとは恐れ入るわ」

頼光は、源頼親の弟。他はいずれも名のある武士である。ゆえに見覚えがあった。

武士たちに一瞬動揺が走る。

「清少納言か。確かにこやつの妹であった。殺す前にこちらも色々聞きたいことがあった。しかし、犠牲が出てはやむを得ん。……おまえはどこまで知っている」

「おぬしらが大江山の鬼退治の面々だということ」

平貞光が言った。

「面倒です。一緒に殺しておきましょう」

源頼光は少し笑った。そして刀の血を布で拭（ぬぐ）った。兄の血だ。

「さて、どうするかな」

清少納言は立ち上がった。それから単（ひとえ）を脱いだ。その下も、その下も。すぐに白い肌がすべて露（あら）わになった。

「こんなばばあを殺しても何も出ぬぞ」

男たちはあっけにとられたが、源頼光はゆっくりと刀を鞘（さや）に戻した。

「わかった。おまえにはかなわぬな。清少納言よ。服を着ろ。その代わり我らに少し付き合ってもらわねばならぬ」

「何を」

「我らのすることと言えば決まっておろう。鬼退治よ」

3

和泉式部は驚いて問い返した。

「大江山に行きたいって、あなた何言っているの」

娘である小式部内侍は、若さゆえの考えなしからか平然と答える。

「京であれほど評判になっているのよ。一度はのぼってみたいじゃない」

「女の足でのぼれると思っているの？」

「子供の頃は一緒に山に入ったじゃないの」

評判はもちろん知っている。

和泉式部自身もまた、毎日山を上り下りして神社に小式部内侍の安産を祈願していた。

「それと大江山とは全然違いますよ。何より鬼がいた山なのですよ」

「父上が退治してくださったのでしょう」

和泉式部の現在の夫。現在の小式部内侍から言えば義父である藤原保昌は、大江山で酒呑童子を殺した時、源頼光とともに活躍した武士である。

「とは言ってもすべての鬼を退治したんじゃないのよ。残党がまだ山の中に残っているかもしれないし」

「母上のところに少し人がいるでしょう。わたしの山登りに人を回してもらえないかしら」

「なぜそんなに大江山にのぼりたいの？」

「義父さまが退治された鬼のすみかを見てみたいの」

「そんなのは殿が御帰館された折に、お話を伺えば済むことじゃないの」

「母上」

小式部内侍の声が改まった。それから懐から大事そうに紙を取り出した。

「母上はなぜわたしが山を見てみたいか、実はご存じなのでしょう」

和泉式部は答えなかった。代わりに聞いた。

「その紙は何ですか。手紙みたいですね」

「届いたばかりの文ふみです。ただどこから届いたかはわかりませぬ。いきなり家に来た人が置いていきました」

「何が書いてあるのですか」

「その前に、少し母上に聞きたいことがあります。わたしが幼い頃、ずいぶん山に一緒にのぼった思い出があります。その際、面白い人たちと一緒に遊んだことも心に残っております。母上はわたしを連れて行ってくれたことをもちろん覚えていますね。一緒に行ったんですもの」

　和泉式部は答えなかった。小式部内侍はその顔を見て続けた。

「あれは、どこの山ですか」

　和泉式部は慌てて答えた。

「おまえを産んだ郷里、因幡国の山ですよ」

「その山も覚えています。でもあの人たちと過ごした山は違います。もっと奥深く」

「おやめなさい！」

　和泉式部は押さえつけるように叫んでいた。

「なんですか、母上」

「その文には何と書いてあるのですか」

娘は和泉式部の眼前に紙を広げた。

『大江山で待つ』

和泉式部は思わずその文をとろうとしたが、娘はまたすぐに懐に隠してしまっていた。

和泉式部は言った。

「すべて忘れなさい」

「一度大江山に行ったら、忘れることができるやもしれません」

娘の意思は固いようだ。

和泉式部はあきらめた。

「殿と相談いたします。京に帰ってお待ちなさい」

*

清少納言は問答無用で車に押し込められ、京のはずれのひどい道を背骨の痛い思いをしながら運ばれていた。

「ここだ」

そしてまた問答無用で下ろされる。日の傾きを見れば、ほぼ京を横断したことが知れる。

「腰が痛いのだ。もう少し老婆を大切に扱え」

「老人というだけで尊崇（そんすう）を得られると思うな。おぬしは、ただの死にかけの女だ」

頼光が振り返りもせずに言う。

清少納言はその毒舌を無視してあたりを見た。

「ここは……藤原保昌どのの邸宅だな」

「いかにも」

和泉式部から殿と言われた藤原保昌は、領地を幾つも抱える武者である。新たな任地に赴いていないときは、昔からの領土である大和や摂津（せっつ）にいるか、そうでなければやはり京にいることが多かった。

武者たちが進んでいくと、その威を感じたのか、邸宅から郎党がわらわらと飛び出してきた。すでに宵近く。陽はほとんど姿を隠し、周囲は物の怪でも現われそうな闇が立ちこめはじめていた。

源頼光は湧き出てきた郎党どもに、よく通る声で言った。

「この屋敷の主（あるじ）にお目通り願いたい」

不意に笛の音。

邸宅の闇の中より響いてくる。音色（ねいろ）は次第にはっきりしたものとなり、無骨（ぶこつ）な男が現われる。

頼光はあきれた顔で待っているが、当の本人は平然とした顔で高らかに笛を響かせながら歩み寄ってくる。

清少納言は遮った。

「藤原保昌どのか」

無骨でたくましい男は笛をやめた。

「いかにも」

そのまま続けた。

「そちらは清少納言だな。久しぶりではある。その方たちも懐かしい顔ぶれだ。一体どういうことだ」

頼光が言った。

「どうもこうもないわ。おまえがすべての元凶(げんきょう)であろう」

保昌は平然と笑った。

「なんだそれは」

渡辺綱が頼光の後ろから前に出た。

「とぼけるなよ。俺たちが来たからにはおまえに後はない」

「だから何のことかと聞いておる」

清少納言は静かに言った。

「わたしの兄はつい先ほどこいつらに殺されたのよ」

藤原保昌はさすがに黙った。

頼光は平然としていた。

「色々聞きたいこともあったのだがな、無謀にも抵抗してきてな。こいつにも道々知っていることを尋問したのだがろくな答えを持たんようだ」

「なぜ殺した。このわしも同じ目に遭わす気か」

「そんなことをしてどうする。我らの目的は鬼退治よ。十年前も今も変わらぬ。帝の命じゃ」

保昌は笛でも吹くように軽やかに言う。

「酒呑童子は大江山で十年前に始末した」

清少納言が割って入った。

「だったら兄は今頃殺されぬわ」

保昌は首を振った。

「少なくともそういうことになっておる。すでに十年も前の話じゃ。おぬしもそうだが、我らもすでに老いた」

「酒呑童子は、そうではないぞ」

渡辺綱が言うと、保昌はため息をついた。そのまま邸宅へ戻ろうとする。

平貞光が叫んだ。

「知っていることを言え」

「鬼がまた現われようというのなら、それは我らの知る過去の話ではない。未来の話じゃ。未来のことは未来を知るものに聞け」

「誰ですか、それは」

清少納言が聞くと保昌は顔だけで振り返った。

「陰陽師(おんみょうじ)」

頼光が叫んだ。

「またあいつか」

「安倍晴明(あべのせいめい)の血族」

第五段　小式部内侍（こしきぶのないし）、誘いを受ける

1

小式部内侍はひとまずは母の言に従い、京の自邸に帰った。

母の和泉式部は義父である藤原保昌に問い合わせると言ったが、本当のところその気はなさそうだった。だが、それ以上は言えなかったので仕方がなかった。

何度尋ねても、母は何も答えてくれない。

幼い頃の記憶。すっかり忘却の彼方（かなた）に沈んでしまっているが、時折ふっと浮かび上がることがある。大勢の見知らぬ男たち。そして何か悲しい顔の女たち。草木深い山中の記憶。

殺された生物たちの首。

生き血。

あれは一体何の記憶なのだろう。

なぜ――。

幼い頃のわたしに何があったのか。

ぼんやり考えていると夜の帳も下りてしまった。京の夜は暗く深い。今日もまた何もわからぬまま眠る。

その時、車の音が聞こえてきた。家の前で音はやむ。

何だろう。自分に通う男は今はいない。

いきなりこんな夜に訪れて通いたいなどと言い出す気だろうか、突然。しかし和歌の応答もなしにそれはありえない。誰だか知らないが追い返そう。

小式部内侍は人を呼ぼうとした。

とたんに、闇の中に何者かの気配。

「夜分にすみません。お邪魔いたしました」

男の声である。

「家人はどうしたのです」

「かわいそうなその者たちは、わたしの身代わりを追い返そうと言葉を尽くしています。どうか責めないでやってください」

「一体あなたは何者ですか」

「安倍吉平と申します。怪しい者ではありませぬ」

「陰陽師ですね」

「いかにも。父、安倍晴明はそのような者でした。しかし不肖の息子であるわたしは単なる祈禱屋。父のような神通力は持ち合わせておりませぬ。せいぜいこそこそと気配を消して、人の家に潜り込むくらいですね」

「何の用ですか」

「わたしはすでにあなたに関わっております」

「あなたがわたしに。いつ？　どこで？」

「鬼です」

生き血、動物の首——繰り返す夢。

「簡単に言いましょう。あなたは小さい子供の頃、鬼にさらわれた。大江山で鬼たちと一緒に暮らしていた。それを救い出したのはあなたの今の父君です。その手助けを、わたしもさせていただきました」

忌まわしいとも言うべき記憶。それはやはり本物だった。

「そんなこと、母は一言も……」

「あなたの母君や周りの人は、あなたに忘れさせようとしました。仕方がなかった。あなたは怖い思いをたくさんした。夢だったと思わせた方がよいと思ったのでしょう」

小式部内侍は黙った。

色々なことがいっぺんに押し寄せてきて言葉にならなかった。

わたしが見た光景、草木、匂い。あそこは、やはり大江山だったのだ。

「はっきりとは思い出せません。思い出そうとしているのに、何かが邪魔をしている」

「つらい思いもしたはずです。無理に思い出すことはありません」

小式部内侍は顔を上げた。

「なぜこんなことを、今になってわたしのところへ」

「それはあなたもご存じのはずです」

この陰陽師は、すべて知った上で来ているのか。

「やはりあの手紙は」

「そうです。かつて大江山であなたとともにいた鬼の残党が出したもののようです。鬼がまた動き出そうとしていますね」

「退治されていなかったのですか」

「退治はしました。だから十年以上の長い間、何の音沙汰もなかったでしょう」

「ではなぜ今になって」

「鬼を呼び起こそうとする人がいました」

「誰ですか」

「あなたに鬼からの手紙を届けた人と思われます。おそらくは、清原致信。清少納言という人の兄です。いや、でした。この世の中の不遇を恨み、大江山の鬼を再び呼び起こすことで天下をひっくり返そうとしました。そんなことがかなうはずもなく、そのまま成敗されましたがね」

「では鬼はもう現われないというのですか」

「それなら、わたしはここにはいません。あなたがもらった手紙には何と書かれていましたか」

「大江山で待つ」

それだけ。

陰陽師は一人でうなずいて立ち去ろうとした。

小式部内侍は叫んだ。

「お待ちください」

安部吉平は心持ち振り返った。それから言った。

「あなたは普通の娘だ。母君は有名な歌人です。あなたはこれ以上関わる必要はない」

「しかしこの手紙はわたしのもとに来たのです」

「知っています。だからこそです。ここから先は穢れの世界です。平安の都にはふさわしくない。あなたのような美しい女性にも」

「あなたは何をするつもりなのですか」

「わたしですか。わたしは単なる祈禱屋ですよ。鬼を討つための武は持ち合わせていない。父晴明のような偉大さも。ただそれができる人に頼み、自分は祈るのみ」

　小式部内侍は叫んだ。

「わたしを大江山に連れて行ってください」

　さすがの陰陽師も絶句した。

「何を言われる」

「思い出したのです。今思い出したのです」

　おまえを捜す。絶対にまた、会う。そうあの子は言っていた。

　小式部内侍は重ねて叫んだ。

「酒呑童子はわたしを捜しています」

「いかにも。あなたをさらってずっとそばにいた。美しいあなたは鬼のお気に入りだった」

「わたしが行かなければ、酒呑童子は姿を現わしません」

「そうかもしれない。されど危険すぎる」

「山は深い。闇雲に捜しても、姿を見せなければ徒労に終わります」

「見つからずともよいのです。鬼は危険だ。むやみに餌（えさ）を見せびらかすまでもない。あまつさえ、あなたのような女性を」

　本当にそのまま去ってしまいそうだった。小式部内侍はゆっくりと言葉を選んだ。そして、わざと静かに言った。

「それではあなたに問います。陰陽師さま。あなたはきっと自分が生きている間にこの問題をなんとかしたいと思っていますでしょう。そのためにはわたしでも何でも使うべきではありませんか」

「それとこれとは話が違う」

安部吉平が苦い顔で返した。小式部内侍は言った。

「十年前、鬼退治は大きな騒ぎになりました。いまだに都ではその話が出ます。こんなに月日がたっているというのに。それくらい恐ろしい者たちということでしょう。あなたのような方がこんな夜更(よふ)けに、わたしのような者の用心をしなければならないほどに」

「それは言うまでもないことでしょう」

「わたしは自ら手を差し出しているのです。つかんでください」

「では聞きますが、あなたはまだ若い。いや、幼い。なぜそれほどまでに自らを差し出そうとする」

「どうしても知りたいのです。あの時のわたしに何が起きたのか。母上たちの思いはありがたいことです。わたしはすっかりあの時のことを忘れてしまっています」

——夢よ。

母はいつもわたしにそう言っていた。

あなたは長い夢を見ていたのよ。

あなたはずっとわたしのそばにいたのよ。

……そうではなかった。

わたしのそばにいたのは鬼だった。忘れてしまっていた。

それこそ夢には何度も何度も出てくるのに。

目が覚めたらすべて忘れてしまう。

鬼の顔も、その声も。

「わたしはずっと、悪夢を見続けます。今に至るも。この悪夢のために、通う男とは情をうまく交わすことができません。夜は邪悪そのものです。迫ってくる男の顔が鬼に見えたり、獣（けもの）のそれに見えたり、突然叫び出したり」

小式部内侍は涙を流していた。

「いいでしょう。わたしとて冠位（かんい）持ちの身。私兵をあなたにつけることくらいはできます」

ついに、陰陽師は折れた。

「ありがとうございます」

「ただし、許しはもらわねばなりませぬ。あなたの母君、和泉式部。そして現在の父上、藤原保昌どの。双方に」

「はい」

「許しがもらえたら、あなたを護衛して大江山にのぼります」

2

藤原保昌は脅すように言った。

「清少納言はここに置いていけ」

頼光は今にも刀を抜きそうだった。

「なぜだ。おまえには関係なかろう」

「あるわ。おまえが殺した清原致信はわしのれっきとした郎党じゃ」

「そうかもしれぬが、おまえはこの女に何の用だ」

「用などないわ。だがおまえらは役に立たぬと知ったら、この女を斬るつもりであろう」

「こやつの兄は鬼を呼び覚まそうとしたのだぞ。この女も同罪だ」

「だとしても、それを裁くのはうぬらではないわ」

平貞光が口を開く。

「十年前より、こやつはずっと我らの敵ぞ。問答など無用じゃ」

藤原保昌は笛を吹いた。今までの音色と違い甲高い音だった。それから言った。

「それ」「それ」


「ここはわしの屋敷ぞ」

「何だ、手下をけしかけるとでも」

「おまえらとやり合ってなんになる。しかしここでやり合えば、すぐに帝に届くぞ。それに関白どのへも。関白どのはおまえらの行ないについて何と言うかな」

源頼光は刀から手を離した。

「そう来たか。気に食わないやり方だが、確かにこんな死にかけのばばあなんぞに用はないわ。置いて帰ってやる。しかしこれだけは言っておくぞ。これから我らの邪魔をするならば、帝をちらつかせようがなんとしようが、容赦なく斬る」

頼光たちは去った。

清少納言は一人、藤原保昌のもとに残された。

保昌は言った。

「おまえの兄を救えず、すまぬことをした」

「わびには及ばない。兄上は鬼を本当に呼び出そうとした。自業自得。わたしは何も思っておらぬ」

「して、清少納言。わしも聞きたい。鬼は本当に蘇っておるのか」

「兄上は肝心なことを話す前に血まみれになっておったわ」

「それは哀れである」

「いずれにせよ、命を助けていただいたことだけは感謝いたします」

清少納言は珍しく素直に頭を下げた。

「それなら今ひとつ、わしの頼みを聞け」

「何だ」

「太宰府に行け」

太宰府。北九州。

さすがの清少納言も驚いた。

「太宰府とは」

「隆家に会え。船など関わる一切はわしが用意する」

藤原隆家。現在の大宰権帥。

藤原伊周の弟。藤原道長の甥。

保昌は言った。

「わしがすべての元凶としたら、やつこそがすべての発端であろう」

清少納言はうなずいた。

「よかろう」

取るものも取りあえず、太宰の地へと旅立つこととなった。

しかるに、それと入れ違うように不気味な影が、保昌の屋敷に現われた。

「何者だ」

「陰陽師……」

「安倍の者か」

「いかにも、でございます」

言葉は丁寧だが、夜を狙って屋敷に忍び込んでくる不審な輩に過ぎない。

平安の夜は完全なる闇、顔をわざと見せないように現われたか。

「何用だ」

「小式部内侍が大江山に向かいます」

「愚かな。やめさせよ」

「自ら誘いになり、鬼を始末する手助けをすると」

「だからそれをやめさせよと言うておる」

「あなたの娘の決意は固いようです。わたしのような日陰者が説得することはできませぬ」

「わしの実の娘ではない。わしの妻の子であるだけだ。その時すでに、娘は大きかった」

「では母親に頼むのですか」

「妻からはすでに手紙をもらっておる。娘が山に行くのを止めよ。そう言ってきた。自分は止められないともな。なさけない。結局皆が皆、他人を頼りにしておる」

「では、厳重に守りを固めた上で大江山にのぼらせるほかないでしょう。あの娘なら、通う男の一人に頼んで勝手に動かぬとも限りませぬ。何も知らぬ者よりは、十年前を知って動ける者とともにのぼるべきかと」

「しかしなぜだ。十年たってなぜ今なのか」

「十年前、わたしはともに行きませんでしたが、あなたが禍根を残したことは知っております。郎党である清原致信が余計な働きをしたがゆえに、つい先ほど命を落としたことも」

「よく知っているな。確かにわしはあの時酒呑童子を殺さなかった。殺すほどの者とは思えなかった。それが今になってこのように祟るなど、あの時わかろうか」

「過去を振り返っても仕方ありますまい。この先に目を向けましょう」

「しかしわしが時折探ってみるに、もはや大江山に鬼の残党が残っている気配はない。やつらの根城は完全に潰し、うろんな者が集まればすぐにわかるようにしてある。あそこに今、何があるというのだ」

「清原致信が手渡したという手紙は見せてもらいました。そこには確かに『大江山で待つ』とのみ書かれておりました」

「大江山は広い。そんなところでどうやって我が娘を待ち受けるというのだ」

返事はなく、陰陽師はかすかに笑った。

3

大宰府は九州の中心である。

天智天皇が対外防衛に設置した行政府だが、数世紀を経て官僚組織は整備され、九州を治める政治機構へと変貌を遂げていた。

と同時に、外交の中心でもあり半島が視界に入るこの地には、大陸の情報が常に収集され危機管理の役目も担っていた。

もちろん中心の建物も木造と言うよりは礎石を使い、京の壮麗な建造物に劣らぬものだ。最盛期には九州全体で千人を超える男たちが、大宰府に関わる職務をしていたと言われている。

長旅を経て、その豪奢な建造物に足を踏み入れた清少納言は、思わず大きく息を吐いた。

衛兵の制止も聞かず、歩を進めた清少納言は大きな声で言った。

「長い船旅だったわ」

書面に目を通していた藤原隆家は驚き、思わず叫んだ。

「こんな博多の地まで何をしに⁉」

隆家は三十も後半になっていた。

罪を許され京に戻った隆家だったが、権力の座は遠く、眼病をわずらってしまう。この地に名医があると知り、大宰権帥の任官を自ら願って、長くその地位にあった。

清少納言が宮中にいた頃はまだ十代であったが、その後の苦難の月日とともに、たゆまず続けた武芸が、精悍な顔立ちに力強さを加えていた。

清少納言はそんな隆家を見下ろしたまま言う。

「兵は国の大事にして死生の地、存亡の道、察せざるべからざるなり」

「また孫子を使うか」

「わざわざ来てやったんだ。もてなしても罰は当たらんぞ」

「それこそ罰当たりな物言いをするな」

とは言いつつも宮中からの長い付き合い、隆家は部下に命じて清少納言に食事と部屋を用意させた。

「俺の仕事が終わるまでそこで寝て待っていろ」

「しばらく見ぬ間に偉そうになったの」

「お互い様だ。しばらく見ぬ間にしっかりばあさんになりおって」

西の地の夜は京より早く来る。闇もまたさらに深い。

清少納言は外の闇を見つめる。

「夏は夜。月のころはさらなり。闇もなほ蛍(ほたる)の多く飛びちがひたる。まだ、ただ一つ二つなど、ほのかにうち光りて行(ゆ)くもをかし」

清少納言は続きをつぶやこうとした。雨など降るもをかし。

しかしその時、隆家に呼ばれた。

若い男のくせに自分から動こうとしないのか——文句の一つもこぼしながら隆家のもとに向かう。

隆家はまた座っていた。

「さて、聞こう。わざわざ藤原保昌公の文まで持参とは。何が目的だ」

「知れたこと。鬼よ」

隆家は清少納言から目を離し、夜風に揺らぐ蠟燭(ろうそく)の向こうの闇を見つめた。

「鬼か。都ではあれをそう呼んでおるのか」

「呼び名が短くて済むでな」

「俺はもう一つの名も聞いたこともあるぞ」

「酒呑童子か」

「それか。まあよいわ」

「気楽な言葉を放つやつだな。大宰権帥」

　大宰府では大宰帥（だざいのそち）を長官とし、権帥を長官代理とする。しかし、よくあるように大宰師は皇族による名目だけの長であり、実質的な権限は権帥が握った。

「済んだ話だ」

「それで済ますな。鬼がいかな害をもたらしたか、隆家どの、おまえが一番知っていようが」

「十年も前。とっくに済んだ話よ」

「そうではないわ。我が兄清原致信は鬼を蘇らそうと試みて殺されたわ」

「何を今更」

「それもこれも鬼がまだ生きておるからではないか」

「生きておるというだけだ。何もできぬ」

「それこそ気楽な話だな。鬼を産みだしたのはおまえではないか。正しく言うなら、おまえたちではあるが」

　藤原隆家はおもむろに立ち上がった、

「言うことはそれだけか。なら帰れ。俺は忙しい」

「こんな辺境の地で、何をしていると言うこともあるまい。野盗（やとう）でも出るのか」

「それも多い。しかし今探っているのはもっぱら高麗よ」

「それはどういうことだ」

「大陸が柔(やわ)い」

現在の大陸中心は、宋にある。

しかし、唐帝国のような栄華は望むべくもない。内乱をようやく平定した傷もまだ癒えず。

華北では騎馬民族が台頭し、宋の領土を削りつつあった。

本来半島の高麗は宋の冊封(さくほう)下にあり、関係を良好に保っていたが、すでに高麗領土まで騎馬民族が浸透し、属国化していた。

遼、である。

契丹族を祖とし、すでに華北の大半を支配して、宋は刻々と南に追いやられている。それどころか毎年遼に貢ぎ物を納める約まで交わしているらしい。

遼だけではなく、新たに西夏(せいか)という騎馬民族国家が並び立ち、大陸中央でしのぎを削っていた。

隆家は言った。

「もし遼が高麗を突破するなら、この国まで視野に入る。この大宰府の地から半島は目と鼻の先じゃ。おまえも船で見たことであろう」

「確かにな」

「まぁ憂慮すべきはそればかりではない。遼が高麗を圧迫し続けるのなら、半島にいられれぬ高麗の民が海賊となってこの地に襲来するだろう。実際、かの新羅の地に内乱にあったとき、この地には賊がやって来た」

「それでその大陸をどうやって探っておるのだ」

「向こうの者と言葉を交わし、来た者に話を聞くしかあるまい。俺は流れ着いた者がいれば、必ず足を運ぶ」

「それは大事なことである。……わたしは話を戻すぞ」

「もうやめよ、清少納言」

「否。兄は鬼のことを話す前に殺された。おまえは知っておるであろう、鬼の居場所を」

「それを聞いてどうする」

「都にはまだ鬼を蘇らせようという勢力がいるという」

「清少納言。だから、それはできぬ。かなわぬ夢よ」

「なぜそう思う」

「絶対に、誰も、触れぬところに、追いやってあるからだ」

「どこだ。大江山でないとしたら」

隆家は笑った。もう一度清少納言の前に座った。

「どこでもないわ」

「なんだそれは」

「関白どのさえ触れられぬところにいるという意味よ」

隆家は鬼の居場所を口にした。

4

同じ頃、宵闇の京。

小式部内侍は新たな文を受け取っていたが、陰陽師には伝えなかった。

「誰にも内密に」

と書かれてあったからだ。

「幼少よりの友と会いたくば、ただ待っていてください」

『おまえを捜す。絶対にまた、会う』

酒呑童子は大江山で待っているはずではなかったのか。状況が変わったのか。

小式部内侍は新しく来た文を手に、じっと考え込んでしまった。

何かがくすぶり温かみを放つ、懐かしい記憶。けれど、その断片に見え隠れする血の色。赤。死体。

悪夢、とも言えた。

誰も何も語らない。

いずれにせよ自分はただの二十歳の女に過ぎず、武士でも貴族でもない。自ら動いてすべてを明かすだけの力も財もない。待てと言われたら、ただ待つしかできない。

深夜か明け方か。

眠っていた小式部内侍はかすかな物音で目が覚めた。

「お迎えに上がりました」

薄闇の中に男の声。小式部内侍ははっと起き上がる。

「誰ぞ」

闇から言葉が返る。

「名乗って思い出していただけるでしょうか」

「女のもとに通う者、名を明かし歌を詠む者」

そのような者ではないことは明らかだったが。

「我は歌詠みにあらず」

「それでは」

「我が名はパラギ。あなた方にとっての通り名は茨木童子」

——茨木童子。酒呑童子第一の配下である。

小式部内侍は叫んだ。

「あなたは鬼ですか」

「そう呼ばれもしました。けれどそんな者でないことは、あなたがよく知っておられるはず」

薄闇の中で静かな怒りをたたえた声がした。

『パラギ。パラギ。茨木童子』

その名を呼ぶ声が頭に響く。

小式部内侍はさらに聞いた。

「なぜ今、ここに」

「我が主はずっとあなたをお待ちです」

「主とは」

「あなたたちの言う、酒呑童子」

男は姿を現わした。

若い。小式部内侍と同年代の、日焼けしたたくましい男。

「十年もずっとあなたをお待ちしております。どうかわたしとともに。酒呑童子さまのもとへ」

第六段　清少納言、海を渡る

1

源頼光がまた藤原保昌の邸に郎党を引き連れて現われた。

「おまえの頼みなど聞きたくはなかったが、帝の憂慮もある。わざわざ見てまいった。十年前の鬼どもの巣窟は、見る影もないわ。鬱蒼とした森じゃったわ。なんとか山城の跡が見えただけ」

「奴らが未だ大江山にいるとしたら、別の場に拠を築いているのかもしれぬ」

「確かに山は深い。で、どうするんだ、保昌」

「これ以上小式部内侍を待たせるのは、得策ではない。このまま手をこまねいてどこにいるやもわからぬ鬼の復活を待つのも無策。わし自らが部下とともに、娘を護り大江山に登る」

源頼光は吐き捨てるように言った。

「あの時、おまえが酒呑童子を殺しておけば、こんな面倒なことはせずともよかったものを」

「あの時にはあの時の、今には今の世の理があるのだ」

「まあよいわ。我らも隠れてついていく。今度こそあやつの息の根を止める」

「それでよい」

保昌は娘である小式部内侍の居宅へ使いをやった。数里ほどの距離であり、返答にはさほど時間はかからないはずだった。

しかし、頼光とともに待つ保昌のもとに駆けてきたのは、別の者だった。

「安倍吉平の使いでございます」

「また陰陽師か。何だ」

「小式部内侍の居宅は、もぬけの殻です」

「なんだと⁉」

「娘御はすでに邸を出られたか、さもなければ、さらわれた可能性があります」

保昌は叫んだ。

「すぐに行く」

それからそばの頼光に言った。

「おまえはどうする」

「俺も行く」

頼光も牛車を頼んだ。

小式部内侍の邸の前には、陰陽師安倍吉平が立っていた。

保昌は聞いた。

「どういうことだ」

「どうもこうも。夜か明け方の間にさらわれたようです。あるいは自分で抜け出したか」

ついてきた源頼光が言った。

「さすが陰陽師だな。式神(しきがみ)でも知らせたのか」

「残念ながらわたしは父ほどの神通力は持ち合わせておりません。ただ娘さんを見張らせていただけです」

「それは奇異(きい)な話。理由を聞こう」

「手紙には『大江山で待つ』とありましたが、大江山は広い。京の辻で待ち合わせるのとは訳が違うんです。山深く、それがどこかわからない。普通聞くでしょう。『大江山のいずこか』と。私が手紙を送るなら、わざわざ場所を伝えるより自らが案内した方が早い」

「そういうことか。おまえはわかっていたのだな。鬼の仲間がいつか接触を図ってくるだろうということを。さすが安倍晴明の息子よ」

頼光が言ったが、吉平は首を横に振った。

「ただ考えただけです。そうなれば、彼女を見張っている方が話が早いでしょう。しかし敵の方が上手（うわて）だったというわけです。神出鬼没（しんしゅつきぼつ）の存在ということを失念していました」

「どうするんだ。肝心（かんじん）の餌をとられたんじゃ、我らにはもうなすすべない」

頼光がいらついて叫んだ。吉平はまだ冷静だった。

「私が遣わしていた式神はまだ幾人かおります。それらは京の他の地を探っていました。その中の一人が昨晩、北西に向かう怪しい集団を見たと。京より北西というと」

「大江山か」

「今から追いかければ間に合うかもしれませぬ」

「では行くしかなかろう」

源頼光が今にも飛び出しそうになったが、そこではたと動きを止めた。

藤原保昌は、二人の会話にも沈黙を守ったまま。

頼光が聞いた。

「何だ、怖（お）じ気（け）づいたのか」

「陰陽師の考えることはその通りである。傾聴（けいちょう）に値（あたい）する」

保昌は静かに言った。吉平はその真意をわかりかねたようだ。

「お褒（ほ）めにあずかり感謝いたします」

「いや、鬼がそのように動くとは、言われるまでわからなかった」

頼光が割って入る。

「一刻も早く追いかけよう。今なら大江山に入るまでに捕まえられようもの」

保昌はそれには答えなかった。吉平に向かって静かに言った。

「実はわしも、娘の周りに人を配しておったのだ」

今度は吉平が驚く番だった。

「それはやはり私と同じ考えで」

「残念だが、全く違う。娘のもとに誰が通ってくるか把握したかっただけ」

貴族政治の闇である。

藤原保昌はほぼ武士と言っても過言ではないが、義理とはいえ娘のもとにそれなりの男が通えば人間関係は変わってしまう。それはすなわち、この世での力関係が変わるということ。

ましてや小式部内侍は宮中の勤めもある。藤原保昌の監視があるのは当然と言えた。

頼光は大声を出した。

「どういうことだ?」

「わしが娘の近くの配下に与えた命令は二つ。一つは娘のもとに通う人物あらば、その身元を突き止めろ。しかし今回はそれと違う」

吉平も言った。

「続けてください」

「今ひとつは、娘が夜、人目をしのんで家を出ることあらば、その行方を突き止めろ」

　全員が黙った。

　吉平が目を閉じた。

「つまりかどわかされたのではなく、自らの足で邸を出たということか」

「もし強引に連れ去られようものなら、即座にわしに報告が届くはず。娘は自分の意思で、その足で鬼についていった。おそらく、手下の者は娘のあとを追っておるのだろう。いずれ場所がわかれば、鳩を飛ばしてくる」

「ということは今すぐ追いかけずともよい、と」

「我らが動いてしまうと報せを受け取れなくなる」

　その時だった。

　保昌の郎党が一人走ってきた。

　自然と全員の視線が集まった。

「お知らせいたします」

「言え」

「清少納言がただいま、太宰府の地より戻りました」

　絶句。そして、頼光が怒りの声を上げた。

「何だ、そちらか」

保昌が手を振った。

「まぁよいわ。清少納言には自分の家に戻り、ゆっくり休むように伝えよ」

郎党は頭を下げて、すぐに去った。

吉平がため息をついた。

「小式部内侍はよほど遠くに行ったのでしょう」

「確かに。大江山の奥深くに分け入りでもしたら時はかかろうもの」

「いかがされますか？」

「わしは自らの邸に戻り鳩の知らせを待つ。ぬしらは自由にしていい。大江山に向かってもかまわぬ。わしと一緒に待つと言うことでもかまわぬ」

源頼光が言った。

「いずれにせよ、こんなに時が過ぎては、追うことにもはや意味はない。大江山を闇雲（やみくも）に捜すこともまた無意味」

頼光、吉平とともに保昌の邸に戻って待つことしばし、最初の鳩が届いた。

「やはり北か」

「しかしまだ進んでいるとも書いてある」

鳩の足に結ばれた文は当然短い。わずか数十文字で状況を伝えねばならない。

「やはり大江山だろう」

　頼光が言うと、吉平が返す。

「大江山に入るのはいいでしょう。問題はあの深い山のどこかということです」

　保昌は少し休むと言った。

「敵が拠地に到達するまで、まだ間があろう。その頃には次の鳩が来よう。待つしかない」

　待っているとやって来たのは、鳩ではなく小僧であった。

「清少納言から伝言です。太宰府で隆家どのに会った、と」

　頼光はまた怒りだす。

「そんなの当たり前だろう。隆家に会わせるために行ったのだから。今はそれどころではないわ」

　保昌もため息をついた。

「清少納言の話は、後で暇なときにでも聞くから、今は家でおとなしくしておれと言っておけ」

　保昌は小僧に小遣いをやり、追い払うように帰した。

　さらに待つことしばし、ようやく鳩が来た。

　足に巻いた文をとった保昌たちは唖然とした。

「なんと」

『小式部と鬼、船に乗り港より出ず。行く先不明』

と書かれていた。

2

船とは。まさに意想外だった。

頼光は叫んだ。

「大江山ではなかったのか、港とはどこだ」

この鳩こそ大江山のいずこかの場所を示してくれると疑わなかったものを。

さしもの保昌も慌てだす。

「わしらの手の届かぬところに行く前に、まずその港だけでも押さえねば」

「誰か行く先を知っている者に会うかもしれん。今すぐ行くぞ」

その時だった。

突然、清少納言が現われた。

頼光がうっとうしそうに言った。

「おまえに用はない。年寄りはおとなしく寝てろ」

「まずは自ら鏡を見よ。この清少納言に向かって、おとなしく寝ておれとは、逆に来いということであろう」

「これ以上ややこしいことを言うな」

「山のはいと近うなりたるに、からすの寝どころへ行(ゆ)くとて、三つ四つ、二つ、三つなど、飛びいそぐさへ、あはれなり」

「うるさいわ」

「まず何が起きたか、簡単に言うがよかろう」

保昌は清少納言を黙らすには、ある程度事態を伝えねばならないと思ったようだ。

早口に起きたことだけを述べると、保昌は立ち上がろうとした。

「そう言うわけで、わしは娘を捜しに行かねばならぬ」

清少納言は平然としていた。

「小式部内侍がどの島に向かったか知っておるのか」

頼光が怒鳴った。

「まだわからぬわ。それを調べに行くのだ。さっさと去(い)ね」

だが、頼光に脅されても、清少納言は動こうともしなかった。

このとき、保昌は気がついた。

「島、といったな。なぜ島だとわかった」

清少納言は薄く笑った。

「鬼と言えば鬼が島であろう」

「ふざけるな。さっさと去らぬと兄と同じように斬って捨てるぞ」

頼光は刀を抜きそうな勢いだったが、保昌が割って入った。

「ひょっとして、隆家どのが知っておったのか」

清少納言はうなずいた。

「いかにも」

「どこだ。どこの島だ」

清少納言はさらに笑った。

「教えてもいいが、私も連れて行け」

保昌は絶句した。頼光が叫んだ。

「なんだと。おまえみたいな年寄りなど足手まといもいいところだ。戯言(たわごと)をぬかすな」

「では勝手に捜せ。私は帰る」

「隆家どのが知っておったのなら、こちらとて隆家どのに聞けばいい。なにゆえにおまえなどの言うことを聞かねばならぬ」

「どうであろうなあ」

清少納言はまったく落ち着いている。頼光は一瞬言葉を失った。

かぶせるように清少納言が言う。

「十年前、隆家が言わなかったのは、おまえらが信用されなかったせいではないか。また尋ねても素直に教えてもらえるかな」

「もういい。言わねば斬って捨ててやるわ」

保昌が声を上げた。

「やめぬか。大事な娘の居場所を知っておる者に手をかけることは許さぬ。隆家どのに聞くにしても、今からまた太宰の地に行って戻るなどできぬ」

「ではどうする」

「認める。鬼が島に連れて行く。どこだ」

頼光が叫んだ。

「何だと。俺の意を無にする気か」

「いざとなればわしらだけで行く。わしにも郎党はおるわ」

頼光は黙った。保昌は改めて聞いた。

「どこだ」

「于山国（うざんこく）」

于山国。日本の遥か北西、現在の鬱陵島（うつりょうとう）のことを言う。大陸にも、半島にも、日の本にも属さぬ独立した国である。

あまりのことに、保昌と頼光はしばらく息が継げなかった。

「絶海の孤島」

「しかも日の本ではない」

二人でぼそぼそと言葉を連ねる。そこに清少納言は言った。

「隆家は、それゆえ鬼が復活することはないと言っておったわ」

「確かに国の外に追い払えば、内乱をまねくような復活はありえぬ。しかし、まさかそんな遠くの島とは」

「隆家はあちらの国と少しは付き合いがあったらしい。大江山に戻せば、いつかはまた悪い奴らにかつがれると考えたようだ」

「ゆえに于山国か。なるほど。しかし、それでも今はこうなってしまった」

「隆家は時間稼ぎをしたというだけだったな」

頼光が何度目かのいらだちを見せる。

「だからあの時殺しておけば」

「くどい。わかっておるわ、それくらい。娘に手を出した以上もう容赦はせぬ」

保昌が言ったので清少納言も笑う。

「ではともに行こう」

「当然だ。于山国だろうが高麗だろうが、鬼から娘を取り返す」

清少納言が立ち上がる。頼光が前に立ち塞がった。

「まだ言うか。これははるか海を越えた異国ぞ。おまえは本当に邪魔なだけだ」

「邪魔はおまえだろう」

「なんだと」

「于山国はどこにあると思っておる」

「島だ。丹波より沖、遥か北」

「言葉は？」

「は？」

頼光は黙った。

「国が違う。かの島の者はどのような言葉をしゃべっておる」

「わしらと同じ言葉を」

「そんなことあるか。高麗が近い。高麗言葉じゃ」

「そ、そうか」

「おまえは高麗の言葉がしゃべれるのか、頼光」

また絶句する頼光。保昌は聞いた。

「おまえはしゃべれるか。清少納言」

「私を誰と心得る。清少納言ぞ。高麗どころか大陸の言葉も手のものじゃ」

保昌はうなずいた。

「大いに助かる」

保昌と頼光は巨大な船を用立てた。長さ八丈（約二十四メートル）余り。

かつて遣使船として活躍した巨大な船が、お役御免となり浜に眠っていると聞き、安く借り受けたのだ。大陸まで行けるほどの船である。帆はあったが、もちろん漕ぎ手の水夫もそろえた。

「敵は小さな小舟であったと聞いた。船の差で追いつけるであろう」

日本海の波は荒いが、水はきれいな深緑だ。

自ら行くと言ったのに、清少納言は文句を連ねる。

「海は水うみ。与謝（よさ）の海。かはふちの海」

「何を言っておるか。出るぞ」

船は帆を張り、風を受けてゆっくりと港を、日の本を離れていく。

深緑の海は隠岐（おき）へ向かうにつれて、どんどん深みを増していき、漆黒とも言えるほどになった。

清少納言はしばらく甲板で漢詩など作っていたが、船酔いが限度を超えつつあった。

そこに保昌が来た。

「われらはまず隠岐へ向かう。敵も隠岐で中休みするだろう。間に合えば、吉」

「そううまくいくかな」

本土から隠岐の島まで、風を受けた帆船ならそんなに時はかからない。隠岐は大きな島で、陸が見えなくなってしばらくすると、海の先に島影をちらつかせはじめた。

保昌はぼそりと清少納言に言った。

「やはり殺しておくべきだったかの」

「今更何を」

「あの時のことをわしは一生忘れぬ。あの決断をして、こんな老いぼれになってまで、お互い、こんな船に乗り異国へ旅に出るはめになってしまっておる」

「起きたことを言っても仕方あるまい」

清少納言は海に向かって朗々と声を張りあげる。


あぢきなきもの。

わざと思ひ立ちて、宮仕(みやづか)へに出(い)で立ちたる人の、もの憂(う)がり、うるさげに思ひたる。

しぶしぶに思ひたる人を、強(し)ひて婿(むこ)とりて、「思ふさまならず」と、歎(なげ)く

『枕草子』

保昌があきれた顔で立ち去ろうとしたとき、清少納言は振り返った。

「あの時は何よりも内大臣伊周どのがいた。私はあの時の選択を悔いてはおらぬ」

「兄が殺されたとしてもか、清少納言」

「いつかこうなるとは思ってはいたが、私たちは今やれることを今やるしかない」

隠岐の島がどんどん視界に広がる。漁民たちの船も遠くにぽつぽつ見えてきた。天気晴朗なれどさすが海の波は高く、清少納言は気分が悪いとさんざん文句を吐いた。

「船が揺れすぎる。もっといい船はなかったのか」

「うるさいわ」

そうこうするうちに、船は隠岐に着いた。

島の住人に尋ねたが、それらしい小舟は最近現われていないという。

「どういうことだ、なぜやつらの舟は見当たらぬ。小式部内侍も目立つだろう」

頼光が聞いた。清少納言は船酔いが治まらぬまま一旦上陸し、安息していた。あくびしながら言った。

「島の反対側に回り込んだんじゃないのか」

保昌は首を横に振った。

「町はここにしかない。反対側は何もない岩場ばかりだ。物資を整えるとしたら、ここしかないが」

瞬間、海の向こうを見た。

「西の島か」

島影。さらに一つ。

隠岐の島は単島ではない。隣に一回り小さい島が並んでいる。

「そういうことか」

追尾をごまかすために、わざと西の島を最初から使ったとすれば。

頼光は聞いた。

「どうする。西の島に寄って行くか」

保昌は首を振った。

「今さらそんな無駄な時を使っても仕方あるまい。敵の行きたいところは最初からわかっておる。一刻も早く出立するのみ」

「よかろう」

清少納言もしぶしぶといった顔で船に戻った。

頼光がその渋面に言った。

「今度の航海は長いぞ。文句を言うやつはここに残れ」

「うるさいわ」

第七段　酒呑童子、生存す

1

ようやく船の揺れに慣れた清少納言は甲板に出てきた。

天気は晴朗。

甲板ではすることもない藤原保昌が海を眺めていた。

清少納言は言った。

「海ばかりで退屈の」

「そうでもないぞ。そろそろ見えてくるはずじゃ」

保昌がはるか彼方の海を指した。

「なにが。たしか于山国はまだまだ先と聞いたぞ」

「それはそうじゃ。あるのは中途にある島じゃ」

「そうか。まだ島があるのか」

「小さいからよほど近くまで来ぬと見えぬがな」

清少納言は言われた方向を見た。

海。ただ海。

帆船が海を裂いて作る白い泡。その下は漆黒。

「いつまで待てば見えるかの」

「あれじゃ」

何もない。

「あれとは」

「年寄りよの」

少しずつ大きくなっていく。

岩礁である。

海に突き出した双子のような黒い岩の塊二つ。

周囲にも細かく岩の塊（かたまり）が突き出している。

「島か」

「まぁ島と言うてよいの。大きいであろう。けれど見た通りじゃ。人はとても住めぬ」

清少納言は少し機嫌を直した。今までずっと海原ばかりだったから、景勝があるのはよい。

「何か『枕』の一節でも書きたいが、ここには筆も紙もない」

「自ら強引に乗ったのであろうが」

「われは天下の清少納言ぞ。筆くらい用意しておけ」

清少納言はまた機嫌を悪くした。そのまま島と言うより巨大な岩礁を通過するのを眺めながら聞いた。

「あの島の名は」

保昌は自分の頭を叩いた。

「忘れた」

「うち捨てられて名もなき岩か」

「そうではない。あの岩場あたりは海が浅くなり、絶好の漁場よ。漁師たちはしばしばこの周りで漁をする。ちゃんと名はある。わしが忘れただけじゃ」

「歳を取るのはつらいことよの」

「互いにな。ここまでわが国の土じゃ。ここから先、沖へ出たらいよいよ他国となる」

「それは歳を重ねねばできぬ、と言いたいのか」

「なんとでも言え」

＊

小式部内侍も長い間船に揺られていた。

最初、港に案内され船に乗ると言われた時には驚いた。

「大江山にのぼるものとばかり思ってました」

パラギは船を指した。

「覚えておられぬとは思いますが、我が主は大江山を追放され、死ぬばかりであるところをなんとか命だけは奪われず、島に追放となりました。さほど不自由なく暮らせてはおりますが、船に乗らねば会えませぬ」

「いかほどの旅を？　母にも父にも誰にも知らせていないので」

「旅というほどの長さではごさいませぬ」

「わかりました」

小式部内侍は渋々船に乗り込んだ。

それからが長かった。

最初のうちは珍しさで海を眺めていたが、やがて疲れてしまった。生まれてきて今まで船になど乗ったこともそうそうない。ましてこんなに長い航海など初めてだ。船の底に伏せって、ただ船底にあたる波の揺れを感じるだけになってしまった。

疲れて寝ては起きて。しかし、船底には陽が差さないから、すぐに時間の感覚がなくなってしまった。

どれくらいそのように過ごしていたかはわからない。

船乗りたちのかけ声が大きくなった。

なんだろう。ようやく身を起こした。

見えた。島だ。

それもかなり大きい。どんどん近づいてくる。

パラギがやって来た。

「大変長らくお待たせいたしました」

「あれは何という島ですか」

「于山です」

「知らない島ですね」

「そうです。誰もが知らないあの島に、流されたのです」

しかし、人々が大勢いる。

島に暮らしている人たちだろう。海にはいくつも小舟が出ている。魚を捕っているのだろう。

「こんな大きな島なのに、どうして誰も知らないのですか」

船は島に着いた。

港に下り立った小式部内侍は、陸の感触を足裏で楽しんだ。思わず笑みがこぼれる。

「彼らの言葉を聞いてください」

小式部内侍は耳を澄ませた。

「まさか」

「ここは日の本ではない。主はこんなところにまで流されたのです」

「そんなひどいことをしたのでしたか」

「思い出してください。わが主を。もうすぐ会えます」

まだ思い出せない。

山。大江山。

血。

そして女。

何なんだ、あれは。どんどん頭が痛くなり、せり上がってくる記憶と、そして幼い顔。

島民たちがパラギの前に立った。

知らない言葉で叫んでいる。決して好意的な言葉ではないようだ。

小式部内侍はパラギに聞いた。

「何を言っているのですか」

言葉が通じない以上、パラギに聞くしかない。

「この島の平和を乱すようなら出ていってもらうと言っています」

当然の言葉か。

「私たちがこの島に何かすると思われているのですか」

「この島は小さいですが、日の本からも、高麗からも独立した一つの国です。長もいます。我が主がこの国に受け入れられてから、何度も様子を見に来ているのですが、そのたびに言われることです」

パラギは先に立って歩いていく。小式部内侍はもうどうしようもない。後についていくしかない。

どんどん島深くに入っていく。集落のはずれに、そこだけやけに豪華な邸があった。小さな島国で、建っている民家はほぼすべて土むき出しの狭いあばら屋なのに、その建物だけはまるで貴族が住む邸宅のように、高く床があつらえられていた。

「ここです」

小式部内侍は聞いた。

「もう一度だけ聞きます。どうして私をこんなところまで連れてきたのですか」

「それが主の望みです。主はこの島から一歩も出ることを許されていないのです。あなたを連れてくるしかなかった」

家に入る。

この貧しい島にしては豪華な廊下と部屋。しかも木材が貴重でもあろうに、しっかり床が板敷きになっている。まるでそれは小さな城だった。

小式部内侍はさらに奥に進んだ。

座っている。その姿が飛び込んできた。

小式部内侍は目を見開いた。

相手は言った。

「未だ思い出してくれないのか」

「いいえ、今思い出しました。あなたは、幼い頃――」

声が途切れた。すべての記憶が波濤(はとう)のように頭に流れ込んでくる。思わずその場で立ち止まった。

「そうだ。わたしはシュテン。またの名を酒呑童子」

小式部内侍とほぼ同年齢。

二十歳前後のうら若き女性。きらびやかな衣装を身にまとい、座っている。

見栄えも鮮やかな衣服は、日の本のそれとは違う。間違いなく大陸の衣装であろう。

あえて言えば、大陸の遊牧民の乗馬服から、若い乙女に向けてあつらえられた特製品。

そして、その白い、整った、傲慢な顔。

十年前、鬼と恐れられた女の姿がそこにあった。

2

思い出した。

そしてどんどん思い出してくる。

「あなたは」

私の幼なじみ。一緒に野で山でいっぱい遊んだ。

なぜかと言えば母、和泉式部は里に帰り、小式部内侍を産んだからだ。郷里は因幡国湖山。

「あなたの母と私の母はそこで出会った」

母が私を産んだくらいに、シュテンの母も身ごもり、子を産んだからだ。同じ母として同じく女の子を産み、助け合うことも多かったからだ。

リル。シュテンの母の名である。

この島、于山国などより遙か遠く、大陸からはるばる日本にやって来た異族の長の娘。

日本で子を産み、そして育てた。

「母はわたしにシュテンという名前をくれた」

だからシュテン童子。シュテンという名前の小さな女の子。

日本に流れ着いたばかりの集団は、大陸の言葉を筆談などでさほど不自由なく操る和泉式部にずいぶん助けられた。まして集団の長リルが子供を産んで身動きがとれなくなってからは、先に小式部内侍を産んだ和泉式部がずいぶん教えるところがあった。

その集団の名は女真族だという。高麗よりも奥、宋よりもはるか北。昔渤海があったあたりのわずかな沿岸と山地を拠としている。

シュテンは言った。

「わたしには日本と女真の高貴な血が半分ずつ入っている」

父親はもちろん日の本の民だ。

最初のうち、女真族はたどり着いた因幡国沿岸を拠点にしていたが、土地も痩せており、とても部族全体を養えないと知った。

「そこで大江山に移ったのだ」

狩猟民でもある女真族にとっては、沿岸よりもある程度の深い山はありがたかった。山で獲物を捕り、なんとかみんなが自活していける。でありながら、大江山は京に近い。捕った獲物を売って交易して暮らせる。

これは父親の配慮でもあった。シュテンの父はもちろん京に住んでいた。何かあった時にすぐに訪れることができる。

小式部内侍は聞いた。

「それでわたしも大江山に」

「小さい時は母と一緒に遊んだ。おまえも我らと一緒に山遊びを楽しんでいたではないか」

「わたしが思い出したのはただあなただけ」

「おまえの記憶を失わせるほどひどいことをしたのは謝る」

「だから、まだ、何というか、ただ頭が痛い。あなたはわたしに何をしたのですか」

「何も。おまえ自身には誓って何もしていない。わたしはただおまえと一緒にいたかったのだ。ずっと」

それだけだ。わかるであろう。いやわかってくれ、わたしにはおまえしかいなかったのだ。

異国に流れ着いた母から生まれ、故国からも何からも引き離され、ただ山の中で来る日も来る日も木々を眺めて育った。

遊ぶ仲間はおまえしかいなかった。同じ頃に生まれ、母同士に交流があったおまえしか。

　——だから。

「だからさらったのですか」

陰陽師の言によれば、わたしは鬼にさらわれた。大江山にとらわれた、と。

「すまなかったと思っている」

「やはり鬼はあなただったのですね」

「それ以外に方法はなかった。わたしはただおまえと一緒に時を過ごしたかっただけなのだ」

だから周りの女真の者たちに命じて、おまえを連れてこさせた。山の中に。


また思い出した。

わたしはいつも泣いていた。

「おうちへ帰りたい。母上は」

見える景色は山。森。動物。虫。そして気味の悪い何か。

洞窟の中で、あなたは甲高い声で叫んでいる。

「せっかく連れてきたのに何でおまえは泣いてばかりいるのだ。幼い頃のように一緒に遊ばないか」

「うちへ帰りたい」

あなたはまた叫んでいる。木の棒で洞窟の壁を打ち叩いた。

「話にならぬわ。泣きたいならそこでずっと泣いていろ」

あなたはぷいと背中を向けて出ていく。

わたしは暗い中に一人取り残される。無限に長い時間。


シュテンは言った。

「数えで十にもならぬ子供だった。わたしは。自分で何をしているかわからなかった。周りの女真にもわたしをいさめる者はいなかった。だからなにもわからなかった。今ならわかる。おまえには謝る」

「今さら何を。おかげでわたしの子供時代はめちゃくちゃです。母も」

「だから謝っているではないか」

やはり何も変わっていない。大人になってもこの子は。

子供のままだ。

「なぜあなたの方から里に下りて会いに来てくれなかったのですか。なぜわたしをさらって山の中に閉じ込めたのですか。あの暗い洞窟に」

「何を言っているか。わたしがこんなように生まれたのはわたしのせいではないではないか。おまえがあの島に生まれたのとは違う。わたしは女真の」

その時、外から声がした。

「シュテンさま。何か島にあったようです」

「邪魔をするな。話が終わるまで一切声をかけるな」

「は。わかりました」

声の主は去った。

小式部内侍は改めてシュテンを見た。

「あなたはこの島に来ても誰かに命じる立場なのですね」

「当たり前だ。大陸には女真族がいる。いかに漢族や遼に押されているとはいえ、一族は多く強い。わたしに逆らう者などいないわ」

「今でもまだそんな気でいるのですか」

「そのように生まれたのだ。わかっているではないか」

「なぜわたしをこんなところまで呼んだのですか。また」

「ここにいろ。わたしとともに。おまえだけはあの島のやつらとは別だ」

「あの島とは、日の本ですか」

「そうだ」

「わたしはあの島の者です。そして、あの島に帰ります」

「それは許さぬ。帰る手段がないではないか。どれくらいあの島から離れていると思っているのだ。おまえの国から」

「すごく遠いところでした」

「わたしが帰りの舟を出させぬ限り、おまえはもう戻れぬ。ここで穏やかに暮らせ」

「あなたのことはみんなが知っています。あなたが酒呑童子であることも。隠れ住んでいることも。そしてわたしがいなくなっていることも。だとしたら、わたしの父も母も、わたしを捜しにやって来ます。ここは小さな島で逃げ隠れすることもできません。わたしをそのまま帰した方が無用な諍い(いさか)をなくすことができるでしょう」

「何が無用な諍いだ」

それからシュテンは思いを吐き出すように、言葉を発し続けた。女真の言葉が混じるために小式部内侍には聞き取りづらかった。

しかしそれと同時に、次第に十年前自らの身に何が起きたか想起できるようになってきた。

シュテンはまだわめくように言葉を続けている。

「ここにいる方がおまえは余計な殺し合いに巻き込まれずに済むのだ。誰が来ようがおまえは渡さぬ」

「十年前も同じことを言っていましたね」

「そうだろう。あの島を、焼く。わたしをこんな目に遭わせ、こんなところに追放した日の本のやつらは一人として許さぬ。されど、おまえだけは別だ。ずっとわたしとともにいてくれた。おまえだけは生かす。ここにいよ」

「話がおかしいではありませんか。まるで今にも自分があの島へ」

その時、小式部内侍は気がついた。

「まさか、また」

外が騒がしい。

さっきの女真族が駆け込んできた。

「シュテンさま、お逃げください」

「何事だ」

シュテンは立ち上がる。

とたん、戸が破られた。

「娘はどこだ」

藤原保昌ともうひとりの武士、源頼光。

小式部内侍は立ち上がった。

「父上」

年かさの女が現われた。

きれいな高麗言葉で話しかけてくる。

「すまないね。彼女は返してもらう」

シュテンが叫んだ。

「おまえは誰だ」

「私を知らないやつなんか相手にしたくないね。だが、名乗ってやるくらいはいいか。清少納言。覚えておきな」

3

藤原保昌が言った。

「娘を返せばこのままただ立ち去る。手荒なことは一切しない」

清少納言が訳して伝えた。

三人に続いて入ってきた于山国の住人たちは、口々にそうしましょう、そうしてください、とシュテンに促す。彼らは巻き込まれただけで、女真族には一切関係ないのだ。

しかしシュテンは言葉を荒らげる。

「返さぬ。この娘はここにいるのだ」

それは正しく大和言葉であり、于山国の島人には通じない。

小式部内侍が静かに言った。

「わたしは帰ります」

「許さぬ」

「許さぬも何も、あなたの気ままな言動が十年前に何を起こしたか、覚えているでしょう」

「あれはわたしのせいではないわ。おまえたちのしたことだ」

「もうやめてください。わたしは帰り、あなたはここにいる。それで終わるのです」

「そんなことは許されない。どれだけ待ったと思っているのだ。十年ぞ。おまえをここに呼ぶまでに十年だ。もうこれ以上待つなど認めぬ」

藤原保昌が言った。

「またいつか遊びに来てやる。それでよかろう。帰りの航海のための備えに猶予がない。とりあえず今は娘と一緒に帰る」

シュテンは沈黙した。周囲の人間はこの年若い女が心を閉ざしたのかと感じはじめた頃、ゆっくりシュテンは配下に言った。

「せっかくお越しいただいたのだ。もてなしがいるだろう。少なくともこの島の名物くらいは味わってもらえ」

高麗言葉だ。

ようやく周囲の男たちは気がつき、かすかな笑みを浮かべた。

「それはそうでした。どうかこちらへ」

小式部内侍はもちろん高麗言葉はわからない。清少納言に聞いた。

「何を言っているのですか」

「長旅をしてきた我らにごちそうをしてくれるらしいぞ」

小式部内侍は首を振った。

「だめです。この者たちはそんなことをする人間ではありません。時間を稼ごうとしているのです」

源頼光が言った。

「そんなことだろうと思った。十年前と変わらぬな。では仕方ない。突破するぞ」

藤原保昌が小式部内侍の腰に手をかけ、一気に担ぎ上げる。

「父上、自分で走れます」

「おまえが真っ先に狙われるのだ」

源頼光と郎党が刀を抜き、威嚇のため敵の眼前にかざす。

関係のない于山島の住人たちは我先にと逃げ出す。

混乱。

その隙に、藤原保昌は娘を担いで戸から邸を飛び出た。船の待つ港へ向かって走る。

清少納言は叫んだ。

「待ってくれえ。速すぎじゃ」

頼光が振り返った。

「だからおまえなんか連れてきたくなかったんだ。ただ速く走れ」

「うるさいわ」

清少納言はやっとのことで追いついた。

港には巨大な船が停泊している。小式部内侍は驚いた。

「あんなすごい船で来たのですか」

「でなければすぐには追いつけなかった」

その時、シュテンたちが追いついてきた。

「行ってはならぬ！」

小式部内侍は父の腕から地に下りた。

「行くのではない。帰るのです」

「もし帰るのなら、わたしはおまえをもう許さない」

「それでいいです。あなたが何をしたか、もう思い出しました」

シュテンの顔が赤くなった。王女として育てられた顔が怒りに醜くゆがんでいる。

船の中から平貞光が叫んでいる。

「もう出すぞ。乗れ」

小式部内侍は背を向けた。そこにまた声。

「まことに死んでもよいのだな」

「十年前もそう言いましたね」

「昔と今は違う。わかるであろう」

「あなたがそういう人であることが悲しいです」

小式部内侍は船に駆け込んだ。藤原保昌は最後までシュテンとその配下を警戒していた。

みなが乗り込み、船はゆっくりと岸を離れる。

港を出、風を受けて島がどんどん遠くなっていく。みなの気が抜けて倒れ伏しそうになった頃。

平貞光が甲板から叫んでいる。

「おい、なんだありゃ」

島の向こう。大陸から大量の船。于山へ向かってあふれるように出現していた。その数、百近くか。

小式部内侍は言った。

「女真族です。島を占領するつもりです」

「何だと。鬼は島を乗っ取る気か」

　貞光が言ったが、頼光は首をひねった。

「あんな島、乗り込んでいった俺が言うが、何にもないぞ。あんなところを占領しても面倒なだけだ」

　小式部内侍はまだ海を見ていた。

「日の本を襲うための拠点にするのです」

　全員が絶句する。保昌がまず聞いた。

「ほんとうか」

「シュテンは確かにそう言いました」

　そう。日本をすべて焼く。皆殺しにするからおまえはここにいろ。

「備えねばならぬ。あの船、半端な数ではないぞ」

　保昌が言った。

　小式部内侍は清少納言を振り返った。

「教えてください。清少納言。酒呑童子とは一体何者ですか。父親の名は」

　清少納言はそれには応えず船底に下がる。小式部内侍はついていく。清少納言はゆっくり振り返り、静かに言った。

「酒呑童子は藤原伊周の子ぞ。れっきとした内大臣の血を引いておる」

御佛名（おぶつみょう）のまたの日、地獄絵の屏風（びょうぶ）とりわたして、宮（みや）に御覧ぜさせ奉（たてまつ）らせ給（たま）ふ。ゆゆしう、いみじきことかぎりなし。「これ見よ、見よ」とおほせらるれど、「さらに見侍（みはべ）らじ」とて、ゆゆしさにうへやにかくれふしぬ

『枕草子』

第二部　大江山（おおえやま）の鬼退治

第八段　藤原伊周、異族とまじわる

1

長徳（九九五～九九九）の頃。

時の内大臣藤原伊周は弟の藤原隆家を頼み、前天皇を襲撃させた。そればかりでなく、天皇しか行なえない一大外交の儀である、『大元帥法』を執り行なったとして太宰府へ左遷された。

しかし、関白藤原道長の嘆願を受けた天皇の恩赦により、配流とも言うべきこの措置は、翌年撤回されている。

大元帥法。真言密教の大法の一つ。悪獣や外敵などを退散させる力を持つという、大元帥明王を本尊として、鎮護国家、敵軍降伏のために修する法。

清少納言はこの罪科を否定した。

「いかに内大臣とはいえ、藤原伊周どのが勝手に行なえるはずもなし」

伊周の妹であり、時の中宮定子は聞いた。

「実際に兄は何をしたのですか」

　おそらく、大元帥法に代わる大事を。

　その因は、因幡国から生まれていた。

　契丹族の猛攻を受け、華北辺境に追いやられた女真族。その単于（統治者）であるアダクは、自らの部族の生き残りのため、娘のリルに言い渡した。

「我らには同盟が必要。我らが女真のために生きてほしい」

「ご命令を。何なりと。父上」

「嫁ぎ、子を産むのだ。相手はわが女真ではない。他に探せ。将来、兵の同盟も可能な国に」

　リルは深くうなずいた。

「しかし父よ、いずこにそのような国がありますか。すでに契丹、遼の力は広大。南の宋ももはや遼に屈し、歳費を貢いでおります。高麗など風前の灯火」

「その高麗の西。海を越えた島。倭とも呼ばれる国」

　日の本の国である。

「そんな遠くに」

「海はつながっておる。女真の湊から南東に船を出し、風に乗れば幾日も経ずにいたる。

戦乱中の大陸中央を進むよりはるかに易(やす)き道」

「日の本には勇猛な王がいるのですか」

「いや、そうではない。そして残念ながら王と話はつかなかった」

「それはいかなることですか」


アダクは自国語を漢文に訳した外交文書を日の本に送った。

この時の『文書内覧』の責を担(にな)っていた者こそ、内大臣藤原伊周であった。

伊周は一条天皇に奏上する。

「女真なる者より、外交を深めたいという趣旨の書状がまいっております」

「なんだ、その者は」

「大陸の北方、かつての渤海(ぼっかい)のあたりに拠を置く異族のようであります」

「蛮族ではないか。何が望みだ」

「おそれ多くも帝(みかど)に娘を送り縁組みしたいと」

「言葉も通じぬはるか遠方の異族とか。ありえぬ。捨て置け」

天皇はそう言ったきり文書のことは忘れてしまった。

そうは言っても正しく外交文書であり、伊周としては返答を書いた。

「天皇、興(きょう)あたわず」

するとまた書状が届く。それは天皇に宛てたものではなく伊周宛ての私信に変わっていた。

『流麗な漢文を操る貴人はいかなる位にあるのか』

『我は帝の外戚にして大臣の地位にあり。一族藤原氏は帝を支える大貴族である。我はその頂きにあり』

伊周は悠々と己について筆をふるった。

『では我々はあなたのみと話をすることはできるか』

『それは光栄である』

一回手紙が往復するだけでも、時がかかる。

その合間に藤原伊周は、一条天皇にまた奏上した。

「前の女真族ですが、内大臣たる私自身に書が入るようになりました。よろしいか」

「かまわぬ。好きにせよ」

天皇の許しを得た。伊周は深くうなずいて下がった。

アダクは王として娘に言った。

「おまえが嫁ぐのはフジワラノコレチカ。日本の王の外戚だ」

「王でなくてよいのですか。父上」

「大陸、宋でも同様。遼でも同じではないか。王というのはおおよそ飾りであり、実はつねに外戚にある。まして王には後宮があり妃には順番がある。そんな迂遠なことをしている余裕は我らにはない。わたしは他にも人をやって調べた。日本の現在の権勢はフジワラ一族にある。おまえはそこに行くのだ」

「しかと承りました」


リルは契丹族の追撃を振り切り、なんとか日本にたどり着いた。一人ではない。王女として女真族の護衛も十名以上ともにいた。しかし、それがその時のリルの限界でもあった。

リルたちは風に乗り、なんとか南へ、つまり波荒き沖に進路をとった。

それゆえに漂着したのは、因幡の国。とっさに身の回りのものを物々交換して糊口をしのがねばならなくなった。たまたま言葉のわかる和泉式部が同地にいなければ、それすらも困難であっただろう。

幸い、さほど日数をおかずに藤原伊周と連絡はついた。生活の物資と蓄えも届き、少なくともリルは身なりを整え、内大臣を迎え入れることができた。

「あなたのような方をお迎えできてうれしい」

「わたしも招かれてうれしく思う」

この異国の貴人、内大臣はリルに手を差し出した。

「正直に言おう。あなたがここまで美しい方だとは思わなかった」

「それは恐れ入る。そなたも見目麗しいばかりではなく、きれいな言葉を話すではないか」

「それはもとより互いに承知のこと」

リルは白い男の手を取った。

「異人であるわたしにはこの国のたしなみである歌のやりとりなどできない。意味を取ることすらできはせぬ」

「何の障りがあろうか」

内大臣藤原伊周は明かりを吹き消した。

この時代の婚礼は男が女のもとへ通うと聞いた。リルはそれでよかった。

和泉式部が小式部内侍を産んだ一年後、リルはシュテンを産んだ。

地の縁で結びついてしまった二人の母親は、娘二人もそのまま交流させた。田舎では特に他にすることもなく、女真族の護衛たちは子育ての役には立たなかった。和泉式部とリルは助け合った。

やがて伊周から依頼があった。

「因幡国まで通うのは大変すぎる。京の近辺に居を構えてくれ」

「いいだろう。しかし我らが女真族は腐っても女真。わが子以外はそなたの世話にならない。自ら狩りをして、その日の糧(かて)を得る。深い山が必要である」

「それは好きにせよ。京の周りにはいくらでも山はある」

大江山に決まった。

移動の日、リルは和泉式部を呼んだ。

「我々はかまわないが、シュテンがとても寂しがるであろう。名残惜(なごりお)しや」

それくらい二人の子供の絆(きずな)は深かった。シュテンの場合、最初から複数の言語を使い分けるように育てられ、そこに理解を示すのは和泉式部だけだったというのは大きい。

和泉式部は言った。

「私も再び宮中に出仕しなければなりません。都では会うこともあるでしょうし、大江山ならば里に下りてくれれば会えます」

「願っている」

リルたち女真族は大江山へと移った。

だが不幸なことに、このあたりから伊周の失墜(しっつい)は始まっていた。

2

藤原伊周は弟の隆家に命じて前の天皇を襲撃した。

権力の絶頂にいなければとてもできなかったことだ。しかも、その後すぐに相手と話をつけてもみ消すことに成功したと思われた。

されどこれはやりすぎだった。

政敵の藤原道長、そして抱き込まれた藤原詮子、天皇の実母が巻き返しを図ったからだ。

「伊周の邸宅を検分せよ」

これに乗じてなんとか伊周のほころびを見つけ出し、権力の座から引きずり下ろしてやろうという執念がさせた。

そこで無理に駆り出されたのは、陰陽師(おんみょうじ)安倍吉平だった。帝への呪詛(じゅそ)の証(あかし)でも見つけだせ、と命じられた。よりによって、一条天皇の后(きさき)、中宮定子の兄でもある内大臣藤原伊周のこと。その帝に呪詛などありえぬことだった。

それこそ天気を眺めるようないい加減な気持ちで邸宅に入ったが、そこで見つけたものは。

——女真族との外交文書。

それに子まで産ませていた。

「これは帝の執るべき外事ではないか」

陰陽師はやむなく藤原道長に知らせた。それから天皇に伺いを立てるべきだと言った。

しかし、道長はその報を聞いただけで叫んだ。

「これは大元帥法と等しき、帝の権限を脅かす大罪じゃ」

大元帥法という言葉が一人歩きしてしまう。

道長の周囲にはたくさんの取り巻きがいる。それらが「大元帥法」という言葉だけをあちこちに口伝えしてしまったのだ。道長が正式に報告する前に、一条天皇の耳に届いてしまった。

「おまえが伊周の屋敷で発見したのは、大元帥法を行なっていた証というのはまことか」

天皇からの問いに、道長は瞬時に計算した。

いみじくも内大臣たる伊周が、勝手に外交行事を断行し、異族に子供を産ませていたという事実を、世間に流布したくはない。なによりもその異族が問題になるし、政治的に利用する輩も出てくるかもしれぬ。内憂外患をまねきかねない。

「まことにございます」

道長はそう返答した。

とにかくその時は、伊周を追い落とすことしか頭になかった。帝には追って話を通せばよかろう。表向きには大元帥法を行なったという罪科をあげる。大罪の重さはどうせ同等である。

となれば、大元帥法を行なったという寺をでっち上げる必要がある。

藤原道長の頼みなら話を聞いてくれる寺は、一つ二つある。問題はない。そして積年の付き合いゆえに斑鳩の法輪寺が渋々話を受けてくれた。

「これでよし」

伊周は太宰府へ、隆家も出雲へ流されることに決まった。

これで道長はすべて終わったと思ったが、それとなく天皇に尋ねてみた。

「内大臣より異族の輿入れについて何か聞かれましたか」

天皇はしばらく何を言われたかわからなかったようだったが、この時ばかりは思い出した。

「おお、確か女金とか女真とか聞いたぞ」

藤原道長はこの瞬間青ざめた。

「なにか許しを出されたというようなことはございませんでしたか」

「おお、好きにしろと言った」

慌てふためいて宮を飛び出し、藤原詮子のもとに走った。

「姉上、大変なことになった」

「なんであるか」

「伊周の異族との婚姻の由（よし）、帝の許しがあったとのこと」

道長は天皇との会話、そして今までのことを話した。

詮子も青くなった。

「では大元帥法という罪を着せて伊周たちを追いやった我らは、恨（うら）みを買うぞ」

「いや、そんな甘いものではない。天皇の御裁ありとなれば、我らこそが今上（きんじょう）に背（そむ）いた罪人になってしまうではないか」


その晩、天皇の実母詮子と藤原道長は、連れ立って一条天皇のところに足を運んだ。

天皇はいぶかった。

「二人して現われるとは一体どうしたことなのだ」

詮子も道長も深く頭を下げた。

「他でもございませぬ。内府を御恩赦（ごおんしゃ）いただきたい」

「なんと、伊周をか。太宰府に流したばかりではないか」

「無理な願いは承知でございます。されどここは理（ことわり）を曲げ、ただ情けをお願いいたします」

藤原伊周、藤原隆家。

ともに恩赦され京に戻る。

藤原道長は隆家に弁解したという。

「あれは天皇のご意向であったのだ。我らの発案ではない」

どう考えてもめちゃくちゃな弁解であったが、それが堂々と記録に残されている。

よほど痛い思いをしたのだろうか、関白藤原道長はあれほどの地位にありながら、以後、生涯を通じて女真をはじめ、外交の場で表立つことは決してしなかったし、国外のことも一切口にしなかった。

3

伊周らが事件の翌年の長徳三年（九九七）に大赦を受け京に戻って数年、事態は動かなかった。

やはり伊周は一度配流の憂き目に遭った身である。中宮定子を皇后位にし、娘の彰子を新たに中宮に押し込んだ道長とは、日に日に差をつけられていた。

伊周はまた、足繁く大江山に通うようになっていた。

もちろん京には妻もいて、子も数人いる。だからこそと言うべきか、京という地は過去が澱のようにたまり、伊周にとって息苦しい場でしかなかった。

そして女真族リルの産んだ子、シュテンは珠のように美しく育っていた。

伊周はこの娘に会うことをいつも喜んでいた。

しかし、リルと娘以外の女真に会うことは気乗りがしなかった。

「ここは来るたびに人が増えるのう」

伊周は思わずつぶやいた。

大江山の奥深く、女真族の里。

伊周はいつも麓まで車でやって来て、女真族の駕籠に乗り換え山にのぼる。

狩りの巧みな女真族は日の本の民には考えも及ばない、巨大で獰猛な獣を獲ることができる。そういった毛皮や珍しい動植物は、金に換わる。山さえあれば女真族は年々豊かになった。

「我々は力を蓄えなければならぬのだ。そうであろう」

「そうかもしれないが」

リルは女真族全体を背負っている。

しかし伊周にとっては、何人かいる女性の一人に過ぎない。娘は産んでくれたが他に子がいないわけではない。

「失礼いたします」

低い太い声がした。

伊周の一倍半はあろうかという巨体。

リルの警護隊長で、名をジュキという。

毛皮の間から、たくましい筋が見える。熊をも素手にて仕留めたという話だ。

伊周はこの男が苦手だった。けれど、リルの警護役である。彼女はこの力の化身(けしん)を一番重宝しているため、常に三者で話すことになる。だが、この男、未だに日の本の言葉を覚えようとしない。

「なんだ」

「女真族から藤原さまに一つ提案がございます」

ジュキは頭を下げたまま言う。それでも伊周の身長近くまである。

伊周は戸惑った。

「我に提案だと」

リルが言った。

「言え」

ジュキが頭を上げた。

「藤原道長を殺します」

世の中に、なほいと心憂きものは、人ににくまれむことこそあるべけれ

『枕草子』


伊周は思わず声を荒らげた。

「何だと」

一方のジュキは微笑んでいる。

「我ら女真がこの島に来てすでに幾年。未だに当初の目的に至るどころかその辺縁すらも見えておりませぬ」

「目的とは」

これにはリルが答えた。

「知れたこと。凱旋です」

ジュキはそれに続けた。

「故地では我ら女真は契丹と先の見えぬ抗争のさなか。この島を後ろ盾に、より多くの兵を連れて戻り女真の地を強大にする。契丹を制せればなおよし。それがためこの島にまいった。しかるに今は、目的とはほど遠いところにいる」

「それと道長と、どう関係がある」

「何を言っておられる。自身がよくご存じのはずだ。すべての障りの元凶こそ、藤原道長」

伊周は黙った。

ジュキはリルの通訳を待って続ける。

「この島では王がいるがお飾り。調べはついております。支配しているのは藤原の一族。しかしながら権力の争いは厳しいようだ。我らはあなたに期待し、決して裏切ることはしませぬ。しかしながらあなたは今、二番手とも言うべき地位に甘んじている。待てども待てども道長との差は広がるばかり」

言葉も通じぬ異人にここまで言われた。伊周の顔はゆがんだが、言い返すこともできなかった。

リルが言った。

「わたしも賛成だ。藤原道長を殺そう」

「あれはわが叔父であるぞ」

「肉親同士が殺し合うなど、世の常であり、女真では代替わりの儀式のようなもの。なぜこの島でできぬことがあろうか。藤原道長さえいなくなれば、この国はおまえのもの。そうであろう」

伊周は首を横に振ろうとして考えてしまった。

事はそう簡単ではない。まず帝がいる。しかし伊周が幼い頃から漢語を教えてやった間柄ではあった。道長さえいなくなれば、頼りにしてくるだろうが。

東三条院、天皇の実母もまたうるさい。しかし、すでに仏門に入っている。文句を言い立てる以外にたいした力はない。

道長亡きあと、日和見(ひよりみ)貴族たちはすべてこちらになびくしかあるまい。

あやつの今いる地位を、自分が手中に収めることはできる。

「日本では人を殺せば、都にはいられぬ」

かろうじて伊周は言い返したが、すぐにリルが言った。

「殺しの罪はすべて女真がかぶればいい。おまえに関わりがないようにすればいい」

「そんなことができるのか。女真と私の関わりはすでに道長に知られているぞ」

リルは笑う。王族の娘だけあって肝が据わっている。

それもそうだ。父の命だけで、誰一人知己(ちき)もない未知の島にやって来たのだ。

「殺してしまえば何とでも言い抜けはできる。そうであろう」

第九段　鬼、京を騒がす

1

藤原隆家は兄伊周の行動を気に病んでいた。

罪を許されて京に戻ったとはいえ、藤原道長の権力はもはや揺るぎない。貴族たちが兄伊周を時折詣でるのも、関白道長に何かあった時の予防策に過ぎない。

都にはまだ流行り病の余波があり、また事態は動くかもしれない。その時に一方に肩入れしすぎれば、悲惨な目に遭う。

伊周の弟である自分には、そう言ったうっとうしい追従はない。権力争いから完全にはずれているとみなされているということだ。

それでかまわないのだが何も便りが伝わってこないのは不安を生む。兄は何かまた変な争いに巻き込まれてはいまいか。

そんなことを考えるともなしに考えていると、衛兵が飛び込んできた。

「失礼いたします。どうしても会いたいと、女が無理に入ってきて」

「女。なんだ。誰か知らんが用はない。つまみ出せ」

「しかし、会えばわかると、強引に」

京の女にそんな無礼というか、男の家にずかずかと入ってくるような者などいない。もしいるとしたら女に化けた男の、それも危険なやつだ。

権力からは遠のいていて命を狙われる覚えはないが、何か逆恨みでもされているのか。

隆家は刀を取ろうとして、はっと気がついた。

一人だけいる。強引に過ぎる女が。

近づいてくる足音に、隆家は声をかけた。

「またおまえか」

「いかにも」

清少納言である。

「何の用だ」

「私がわざわざ出向いてやったのだ。心配事と言えばあの方以外になかろう」

兄の伊周のことだろう。ため息をついて言葉を返す。

「兄上か」

「貴族たちは及び腰で見ているが、京の町ではすでに噂になっておるぞ」

「大江山か」

「他に何がある」

「どんな噂だ」

「大江山には、鬼がおる」

女真族。言葉を解さぬ者たち。

「鬼になるのか。あれが」

「何も知らぬ庶民にとってはそう見える」

彼らは易々と危険な動物を狩る。それゆえ衣服も毛皮の者が多い。京の文明に慣れた者にとっては、鬼そのものであろう。

「それで我にどうしろと」

「伊周どのが鬼とまじわっていると知られる前に離れさせた方がよい」

隆家は思わず清少納言を見た。

「おまえにしては案外まともなことを言うではないか」

「何を言うか。私はいつだって正しい。伊周どのは定子さまの兄である。怪しい噂が流れることは好まない」

「しかしそうは言っても、兄上が素直に俺の言うことを聞くかどうか」

「子供のことか。伊周どののお気に入りだそうだな」

「なんでそんなことまで知っている」

「この私を誰と心得る。清少納言ぞ。『草子』の題にすると言えば、誰しも口は軽くなる」

『枕草子』はもはや、貴族の間だけではなく、京庶民の間まで存在は知れ渡っている。実際に字を読める者は少なくとも、清少納言の名はことあるごとに人々の口の端にのぼっている。

清少納言は続けた。

「なんとかせい」

「兄上は自分の子供のためにあの山に通うがゆえ、あの異族とは関わっておらぬわ」

「だったらそなた、子供だけ奪ってこい」

「なんだと」

「子供さえいなければ、伊周どのがあの山に関わることはないのであろう」

「それはそうだが」

「だったらそうしてやるがよい。大切な兄上であろう。これからのことも考えて鬼との関わりを断っておけ」

「そこまでせよと言うか」

「所詮は鬼。異族が何を考えているか、そなたとて知らぬ訳もあるまい」

隆家は座り直した。

「それでは清少納言、おまえが考えていることを言え。鬼、正しきは女真族と言うのであったな。あの集団の狙いは」

「そんなもの見てみなければわからん。私は清少納言だぞ。人がなんと言おうと己の見たことを信じ、書く。私はまだやつらをこの眼(まなこ)で見たことはない。明らかによくない気を感じるが、狙いまではわからぬ。隆家、そなたが私を連れて行け」

隆家は涙が出そうになった。

「おまえが来ると、いつも何か押しつけられるな」

「世はおしなべて、縁と因(いん)。仏陀(ぶつだ)に帰依(きえ)した定子さまの言われたことよ」

「言葉ではおまえにかなわぬ。とりあえず兄上と話してみる。おまえはもう行け。これ以上厄介を押しつけられてもかなわぬ」

「わかった。で、いつ行くのだ」

「いつとは何か。いずこへ行くのだ」

「大江山だ。私を連れて行けと言っただろう」

隆家は口を開けたまま黙ってしまった。

清少納言は平然と続けた。

　遺愛寺鐘欹枕聴
　香炉峰雪撥簾看

遺愛寺(いあいじ)の鐘(かね)は枕(まくら)をそばだてて聴き　香炉峰(こうろほう)の雪は簾(すだれ)をかかげて看(み)る――。

清少納言が声軽く詩吟をはじめる。続きがいつまでも終わらなさそうだったので、隆家は遮った。

「もうわかった。おまえを通詞にすればいいんだな」

2

和泉式部はまた大江山にのぼっていく、娘とともに。

山里の生まれということもあり、山歩きはさほど苦手ということもなかった。山道の入り口まで車で送ってもらうと、そこにはもう迎えが来ていた。

そこまで大切にされるのは、彼女自身ではない。

娘、のちの小式部内侍である。

娘はまだ幼く、母親なしに遠出はできない。しかし、リルの娘はどうしてもわが娘をほしがった。

シュテン、女真族と藤原一族の娘。

彼女たちは山をなかなか下りようとしない。女真のしきたりの中で暮らしているからだ。山を下りたら、そこは異国だ。言葉も通じなければしきたりも違う。通商以外には滅多に交わらない。

だから和泉式部が出かけることになる。

いつものように娘をシュテンと会わせ遊ばせたところで、和泉式部は母親のリルに文句を言った。

「いかに牛車（ぎっしゃ）や駕籠を用意してくれるとはいえ、子供にとっては険（けわ）しき道行き。なるべくならここには来たくない気持ちです」

「すまないとは思っている」

言葉とは反対にに、リルは悪びれもしない。女真族の王女ということで、己が優先されるべきと思っている。あるいは倭国人と一段低く見ているのか。

「シュテンがどうしても、そなたの娘を遊び相手にほしがるのだ。許せ」

「どうして同じ民の子ではいけないのですか。子の数は増えているではございませぬか」

和泉式部がここに来ると赤子を抱いた女の姿を見る。それも毎回数が増えている。

女真族が里の女を買っているらしい。

飢饉（ききん）のため、都には食うや食わずの難民たちがあふれている。娘を売りに出す親はいくらでもいる。他方、女真族は山さえあれば食うに困らないどころか、都と通商してかなりの蓄財をしている。

大江山ではすでに女真の男と日本の女との混血児であふれていた。

リルは言った。

「我らの部族とて女は要る。種族維持のために子は必要なのだ」

もともとこの島に流れ着いた時、女はリルだけだった。子孫を増やすためには、女は現地で得るしかない。

「そういうことを言っているのではありません。こんなにも子供が増えているのですから、遊び相手に困るということもないでしょう。わざわざ私の娘を呼び寄せる必要はないのではありませぬか」

「わかるだろう。シュテンは、どうしてもそなたの娘と会いたくなる時があるのだ」

十年近く前、初めて日本に流れ着いた時、そばにいて移住の手助けはほぼ和泉式部の通訳に拠るところが大きかった。その和泉式部が先に娘を産み、すぐにリルがシュテンを産んだ。

慣れぬ土地、ただ武に秀でただけの男たちばかりに囲まれて子供を育てることは、並大抵のことではなかった。それは和泉式部も知っている。だから何くれとなく世話を焼いたし、できる限りのことをした。互いの子供は一緒にいることが多かった。一年もしないうちに赤子二人は姉妹のように仲良くなった。

そう、互いの存在が切っても切れぬほどに。癒着してしまったのだ。シュテンの執着が消えなくなってしまった。

それは母親の不安が子供に移ったのだろう。最初の頃は気丈に振る舞っていた女真族の王女も、所詮は若い娘。誰も見ていないところで不安や孤独に一人泣いたりすることも多かったはずだ。近くで見ていた和泉式部にもそれは十分察せられた。

そういった不安定な精神状態は、そっくり子供のシュテンがかぶってしまった。唐突に泣いたり叫んだり、気まぐれに感情を乱して騒ぎ出したりする。母親もただ一人の娘、しかも高貴の生まれだから許容してしまう。もちろん女真族の誰としていさめるものはいない。

女真族と日本人の混血は後からどんどん生まれてくるが、シュテンは和泉式部の娘を相手にほしがった。それは和泉式部が京に戻ってからも続いた。

大江山で蓄財するうちに、リルにとって和泉式部は、もはや子供のほしがる相手を連れてくるだけの存在になってしまった。大江山にいる限り、日常に不自由はない。そして子供の成長だけが女真の未来であり、大江山の一族たちは子供を増やすためにのみ今は生きている。

シュテンが小式部内侍の腕を引っ張って母のもとに連れてきた。

「天橋立にいっしょに行く」

リルは微笑んだ。自分の娘には甘い。というより、自分の娘がいるから異国の地で生きているのだ。

「あれはよい景勝」

「今から行く」

リルは首を振った。

「今はもう日も暮れる。だめだ。もっと早く出なければならぬ。山を歩き完全に越えねば、あそこに行かれぬ。夜道で道に迷えば死ぬかもしれぬ」

娘はその言葉におびえた。

「いやだ。わたし」

それはもうこれ以上引っ張り回されるのは嫌だという感じに聞こえたが、もちろんシュテンには通じない。平然と笑われた。

「大丈夫だ。道を失ってもわたしがおまえを捜す。会いに行く」

リルは言った。

「いつかまた別の時に、天気がよければだ」

ようやく娘は解放された。

和泉式部は娘とともに駕籠に乗り込みながら言った。

「一つ言わなければならないのですが」

「なんだ」

リルは今日はもう用はないとばかりに面倒くさそうだ。

「もう山にのぼることはできませぬ」

「なんだと」

　そら来た。きっと怒り出すと思って帰る直前まで言うのを避けていたのだ。

「京からここまで、今まで私を運んでくれていた方が亡くなりました」

　敦道親王（あつみちしんのう）。冷泉（れいぜい）天皇が第四皇子。恋人だった。

　正式に認められた間柄だったわけではない。それどころかお互いにお互いの家庭を壊すことになってしまった。それでも時が至れば一緒になれるかもしれぬと夢を見ていた。

　しかし彼は死んでしまった。

　和泉式部は一気に何でもない、ただの人になってしまった。自分の食い扶持（ぶち）から探さなければならない。

　リルが叫んだ。

「京から山まで来るのに金銀が必要ならわたしが出す」

「それも無理です」

「なぜだ」

「私は宮中に宮仕えが決まりました。独り身の女は働かなければならないからです。そうなれば簡単に出歩くことができません」

「しかしシュテンが泣くではないか」

　わが娘が山登りまでさせられるのはいいのか。

和泉式部は駕籠の窓を閉じた。

「会いたくば、あなた方から京にお越しください」

3

藤原道長が紫式部に会いに行ったのは、前もってそれとなく報せが届いていたからだ。

宮中でも彰子付きの女御には移動の制限がある。けれど紫式部は評判となりつつある『源氏物語』を配るなどの名目で、広くあちこちに動くことができた。

紫式部は道長の来訪に驚く様子もなく言った。

「何か不審な影がうろついていました」

「なにごとだ、それは」

「わかりません。まるで人間ではないかのような黒く不気味な影が宮中の内外、彰子さまの周囲に見え隠れしていました」

「わが娘に。何者だ。何が目的だ」

「ですからわかりません。私は影を見ただけです。そして見ただけでそれが発する邪な気を感じました」

「娘を狙っているのか」

「間違いなく」

「人を増やそう」

「そうすべきかもしれませんが、ここは宮中。兵とはいえ男を増やすことは難しいのでは」

「しかし娘は守らねばならぬ。どうしたらいい」

「そうですね。ではやはりあの方に相談なさるべきですか。陰陽師の」

「安倍吉平か」

「人ならぬ邪な影ですから」

陰陽師の一言で国政が左右されるという時代、紫式部からの信頼も厚いようだ。会わないわけにはいかない。

当の吉平は呼びつけられるのを待っていたかのように、宵闇(よいやみ)から姿を現わした。

道長は話を切り出した。

「実は宮中の内外に邪な影が見られたという話が出てきた」

「存じております」

「陰陽師はすべてお見通しか」

「残念ながら、わたしは父安倍晴明のような人知を超える力を受け継いではおりませぬ。

だから人より多く気を配り注意を払うのみです。今回も宮中で私の手の者が見張っておりました」

「ありがたく思う。それで正体は」

「申し上げていいのかどうか」

「なんだそれは。かまわぬ。言え」

「女真族」

「なんと。伊周の手の者か」

「この国の者ではない風体(ふうてい)と身のこなし、高麗の民とも明らかに違う。そういった者があなたに気がつかれぬようにそっと様子を窺(うかが)っておりました。残念ながら窺う者がさらに別の者に窺われていることまでは察知できなかったようでございます」

「なぜそのようなことを」

「もちろんわかりませぬが、別にさほど考えなくても推察できます」

道長も推察できた。

狙うは藤原道長の命であろう。

道長は青くなった。陰陽師は聞いた。

「どうなさいますか」

藤原伊周は更夜(こうや)に起こされた。

「なにごとだ」

邸(やしき)への侵入者がいるという。警護の声はかすかに震えていた。

「それが、殿へ会わせろと。武器は持っていないようですが」

足音とともに女が来た。

「リルではないか」

「そうだ」

リルはうなずいた。

「こんな夜半に山を下りてここへ来たのか」

「そうだ」

伊周は警護の者たちに言った。

「おまえたち、外せ」

二人だけになったところで伊周は聞いた。

「護衛は」

「外だ。そなたに会うのに必要ない」

「わかった。それで何をしに」

「そなたに会うのに理由がいるのか」

「いつもはそちらがただ、来いと山に呼び寄せるだけであろうが」

「そなたはわたしの夫であり、シュテンの父親だ。たまにはわたしが会いたくなる時もあろう」

「それならそれでよいが、わざわざ京に下りてくる理由はそれだけか」

「分かっておろう。藤原道長の動静を探らせている」

「やはり殺すか」

「これ以上そなたは知らなくていい。教えたくもない」

「前より言おうと思っていたが、今少し穏便な方法はないのか。多くの人が悲しむ」

「この今の京でそなたは幸せなのか」

伊周は言葉を失い、目の前の異族の女を見た。

リルは毛皮をまとっている。野の匂いが漂っている。

「わたしの生きる理由はそなたを天皇にすることだ」

帝、天皇。

「なにゆえ」

「この島で娘が生まれたということはよかった。女真族では男でなければならなかった。戦って勝ち抜いて王になる。しかしこの島ではそれはない。ただ娘を天皇に嫁がせて子を産ませればいい。それでいいのだろう」

藤原定子。藤原彰子。権力は女とともに。

リルは伊周の沈黙を肯定と捉えて続ける。

「シュテンを次の天皇に嫁がせればよい。もちろん次の天皇はそなたの意に沿った者を立てるのだ」

「されどそれは」

「藤原道長がいなければ可能であろう」

「そうかもしれないが、だからといって殺すなどというのは」

「そなたは何もわかっていない」

リルが烈しく制した。気圧されて黙った伊周に言葉を重ねる。

「我々女真族が目的を達成するには、そなたよりも藤原道長にすり寄った方がよいのだ。実際そなたが山に来た時にそなたを殺し、その首を藤原道長に持って行けば、すぐに取り入ることができたかもしれない。なぜそれをしないと思っているのだ。女真にとっては故郷の大陸でのことが第一義であり、この島では誰に取り入ってもいいのだ。しかし」

リルは首を横に振った。

「わたしがそれを許さない。言ったばかりではないか。そなたはシュテンの父親であり、わたしの夫だ。わたしは、そなたとともに生きると決めた。藤原伊周。天皇になれ。この島の頂きにのぼれ」

リルが接近する。

「わかった」

伊周とて野望を失った人間ではない。

「伊周。いつかわが故郷に来るのだ。この島よりはるかに寒く、山は深く、広く厳しい。人間も獣も必死に生きている。そういうところだ」

「それは見てみたいものだな」

「そうだ。わたしがそなたを離さない。一生そばにいるぞ。わたしはそなたと、わが娘シユテンのために何でもする」

時は寛弘（かんこう）四年（一〇〇七）秋迫る頃。

この夜を境に事態は大きく動きはじめる。

翌朝、和泉式部は紫式部のもとに血相（けっそう）を変えて駆け込んできた。

「娘がさらわれました」

紫式部は朝早くから起こされ、眠そうな声で聞いた。

「なんと、あなたの娘がですか」

「そうです。まだ十歳にもならぬわが子が、さらわれてしまいました」

「誰に」

「大江山に。女真族と言います」

「くわしく話してください」

紫式部はしっかりと起き上がり、和泉式部をただした。

「つい先ほど女真の手の者が京に下りてきて、堂々と娘をさらっていきました。助けてください」

「なぜわたしに」

「あなたは紫式部です。藤原道長さまとの親交が深い。ただの宮勤めの女御の頼みでは、武士たちは動いてはくれませぬ。お願いいたします」

和泉式部が床に頭を擦りつけた。

第十段　帝（みかど）、大江山征伐（せいばつ）を命ず

1

時を同じくして。

偶然にも清少納言と、無理矢理同行させられた藤原隆家は、大江山にいた。

もちろんたった二人だけではなく、平　致頼（たいらのむねより）をはじめとする武士の護衛をつけていた。

大江山に踏み込むと、すぐに武装した女真族が取り囲み、問うてきた。

「何者だ。いかなる目的で我らが山に入るか」

清少納言が大陸言葉で言った。

「われらは藤原伊周の弟、藤原隆家の一行である。頭領にお取り次ぎを願いたい」

それで見張りたちは沈黙し、一人が城に入った。

そう。そこはすでに城だった。はじめに大江山に移った時はただの小屋のようなものに過ぎなかっただろう女真族の拠は、すでに城塞と化していた。人が増え、富も蓄積し備えとして頑丈な柵（さく）に覆われていた。

清少納言たちは城塞の中に招き入れられた。

間違いなくなめられたのだろう。護衛があるとはいえ隆家は女連れ。他方、女真族は素手で熊を殺せそうなほどの筋骨隆々たる男たちがそろっていたから。

奥に一番身体の分厚い男が座っていた。

「ただいま頭領のリルさまは不在のため、留守を預かるこのジュキがそなたたちを歓迎いたす。わざわざお越しいただき、感謝する」

「入れ違いであるか。それは時機を誤りました」

「かまわぬ。して、今回の来訪はいかな用件であるか」

「それでは聞く。あなたたち女真族はこの国に来て何をなすつもりなのか」

ジュキは黙った。清少納言は藤原隆家に袖を引かれた。

「おまえ、何を聞いたんだ」

大陸の言葉で話しているので隆家には理解が及ばない。清少納言はあっさり返した。

「後でまとめて説明するわ」

ジュキが客をにらみつけるようにしてようやく口を開いた。

「兄である伊周どのから聞いていないのか」

「直接の答えが聞きたいから、こうして山深くまで参っておるのだ」

「聞いてどうする」

「返答によって考える」

ジュキは笑った。

「誰がそんな問いに本心を言うか」

「答えてほしい。女真族はこの国をどうしたいのだ。大陸や半島から、稀人(まれびと)がこの国に来ることは歓迎している。されど、それはあくまで日の本のしきたりや法に従い、帝を敬(うやま)うがゆえのことである。女真の、この暮らしぶりは、どうもそうは見えぬようだの」

「何か言いたいことでもあるのか」

「女子(おなご)をさらって山に閉じ込めていますね、それはよくないと思いますよ」

「我ら女真は繁栄せねばならんのだ」

声に不穏が兆(きざ)す。言葉はわからないが隆家は警戒する。ジュキは威圧するように続けた。

「繁栄のためには子孫が必要だ。そのための女だ」

すでに女真族は貧しい娘を買ってくるだけでは済まなくなっていた。里に、あるいは京まで下りて娘をさらってくるまでになっていた。

清少納言は倍ほどの背丈の相手にびくともしなかった。

「ここで生まれてくる子は、みなこの国の民です。あなたたち女真のものではありません」

「女真族として育てる。言葉を引き継ぐ。また少しずつ大陸から新手の者を呼び寄せよう。この島に我らの拠点を作り、契丹や宋に対抗するのだ」

「無理ですね、遠すぎます。無理矢理ここの女に子供を産ませたとしても、そんなあわれな子が素直に女真族になってくれるでしょうか。はじめから人の道をはずれた目論見です。やめておきなさい」

「なんだおまえは。それは本当に伊周の意思か」

「だからわたしは清少納言だと言っているでしょう」

「知らぬわ。何ほどの者か。女風情がこのジュキに物申しているというのか」

「女風情ではありません。清少納言が物を言っているのです、心して聞きなさい」

「殺すぞ」

ジュキが剣を抜いた。

とっさに隆家や平致信も刀に手をかけたが、ジュキが清少納言に剣を向けるのが早い。

切っ先はまっすぐ清少納言の眼前に向かっていた。

清少納言はそれでも動じた様子はなかった。平然と言った。

「殺す気なんてないでしょうに」

「それは死んでから言え」

「私たちが戻らないなら、当然伊周どのは何が起きたかわかります。あなたたちが何をやろうとしているかは大体わかりました。無念にも、そのはかりごとはうまくいかなくなるでしょう。この国にいられなくなりますよ」

「それはどうかな。この島の兵など契丹に比べれば、あまりにもみすぼらしくて涙が出るほどだわ」

「だけれど敵対したくはありませんね。そうでしょう」

「敵対しているのはおまえの方ではないか。さっきからどうやら死にたいらしいな」

「あなたはわたしと話をする相手ではないようです。シュテンなる娘を連れてきなさい」

「なんだと」

あまりの物言いにジュキは絶句している。

こんな高貴でもない貧相な年かさの女が、軍人（いくさびと）に堂々と物を言うなどありえないからだ。それは日の本でも同じである。ただし清少納言だけは別だ。それだけの話。

清少納言は続けた。

「あの子こそあなたたちがこの島にいる理由でしょう。あの子が今どんな気持ちでいるかは理解しなければなりませぬ。ここに連れてきなさい。話を聞きましょう」

ジュキは立ち上がった。天井に届くほど背が高い。それに腕の太さたるや、一振りするだけでここにいる全員を薙（な）ぎ払えるだろう。

「黙って聞いていればつけあがりおって。シュテンさまは誰とも会わぬ。すぐ消えろ」

清少納言はため息をついた。

「話し合いは物別れということですね、いいでしょう」

隆家たちを促した。

「行きますよ」

隆家たちは何しろ言葉がわからない。睨まれ緊迫する空気の中、城塞の外に出てようやく聞いた。

「いったいどういう話だったのだ」

「すぐ話します。今は帰りましょう」

城塞の門近くで子供が現われた。

顔が浅黒く、背も高い。明らかに女真族の子供とわかる。しかも帯刀している。

一行にきれいな日本語で言った。

「わたしはパラギ。ジュキ将軍の息子です」

「確かに似ていますね」

清少納言が言うと、少年は答えた。

「父の言葉をお伝えします。二度とこの山に入らぬように。特にあなた、清少納言という女の人は。もし次に入山したら、命はないと」

2

ちょうど同じ頃、紫式部は藤原道長に告げていた。

「和泉式部の娘がさらわれました。おそらくもう大江山に運ばれているでしょう。すでに鬼たちは京の奥深くに入り込んでいます。彰子さまも危険です。なんとかしなくてはなりませぬ」

「わかった。もはやここに至っては帝に話すしかあるまい」

紫式部は聞いた。

「大江山に、伊周さまの血縁があると話すのですか」

伊周の子のことか。道長は首を横に振った。

「いや、それは伏せる。とにかく鬼退治をせねばならぬと説得するしかあるまい。軍を動かす勅(ちょく)を出せるのは帝だけだ」

一方、清少納言も山を下りて早速、藤原伊周と面会した。隆家も一緒だった。

伊周の前に座った清少納言は、挨拶もなしに言った。

「気づいておろう。あやつらは危険ぞ」

伊周はしばらく無言だったが、やがて座り直した。

「聞かせてもらおうか。清少納言」

「私たちは頭領にもそなたの娘にも会えなかった。まぁ会わせてもらえなかった。というのは、知っての通り、あの山を武力で仕切っているものがいるな」

「ジュキだな」

「いかにも。将軍らしいが帝のお墨付きもないのに、勝手に名乗れる地位ではないわ。明らかにこの国の法に従うつもりは一切ない」

「されど、それはジュキだけではないか。リルは」

清少納言はかぶせるように言う。

「わたしの見立てを言おうか。そなたの子、シュテンを帝に嫁がせ、皇后にする。そして頃合いを見計らって、京を襲撃し帝を殺す」

「何を言う」

伊周は思わず声を荒らげる。

「そしてそなた、藤原伊周を帝に据える。もちろん完全なお飾りだが、そなたは喜ぶと踏んでいる。もちろん皇后は、誰だったかな、さっきそなたが言ったリルという女。そして、そなたの周囲をすべて女真族で固めてしまう。大陸から女真族を呼び寄せてしまえば簡単なことだ。否と言ってても武力がある。逆らうものは皆殺しにすればいい。シュテンはめでたく女真族の男に再嫁し、そなたは用なしになって消される。後は代々女真の帝を立てて、日本は女真の第二の故地になる。これがわたしの見立てだ」

「いくらなんでもそのような」

伊周が言いかけたが、ここで初めて隆家が口を挟んだ。

「いいや、兄上。我もはじめてあのジュキという者に会ったが、それくらいは考えているはずぞ。所詮は異族。鬼だ。言葉も違えば育ちも違う。帝や日の本への敬いは一切持ち合わせていない」

伊周はそれでもう抵抗をやめ、隆家に言った。

「おまえもそう思ったか」

「いかにも。やつらは危険です」

「では、隆家はあいつらをどうしたい」

「知れたこと。排除します。朝廷に害がないように始末します。特にあのジュキ」

「しかし、やつらは藤原道長をまず殺してくれると言っている。私のために」

隆家は絶句した。清少納言が言った。

「そなたのためではありませんよ。さっきわたしが見立てた通り、女真族がこの国を奪い取るためです」

「しても、今一番の邪魔者は我らにとっても藤原道長。逆に言えば道長排除まで道は同じではないか」

「伊周どのはあの者たちに藤原道長を始末させ、しかるのちに、やつらから天下を奪い返そうというのか」

隆家が叫ぶ。

「それは危険すぎる賭けではないか、兄上」

「それもわかっている。しかし今は待ちたい」

「なぜだ。異族の力を借りてまで天下を取りたいのか」

「それもある。今は、シュテンも、リルも泣かせとうない」

清少納言はゆっくりと立ち上がる。

やはり器(うつわ)ではない。

藤原伊周は、娘を、そして異族の妻をただ愛しているだけの普通の人間だ。

藤原道長は苦悶(くもん)する。

天皇に大江山の凄惨な事態を報告するも、返ってきた答えは予想とずれた。

「よし、兵を使え。そして娘たちを解放せよ」

「女たちをですか」

「そのような頼みであろう」

趣旨は違うが、勅命は出た。

そして、それを授かる武士は二人に決まった。源頼光と藤原保昌。どちらにも多数の郎党がおり、兵はすぐにそろえられる。

藤原道長は二人を呼び寄せ、天皇の命を伝えた。

「大江山にとらわれている女たちを解放せよ」

さすがに頼光は難色を示した。

「たったそれだけでは」

「宮中に和泉式部という者がいる。娘が大江山にとらわれている。行ったことも何度かあるという。話を聞け。他のことは、安倍吉平という陰陽師が知っている」

「わかりました」

藤原保昌は物分かりよく頭を下げた。道長は続けた。

「大江山の鬼たちは、わが命を狙っておる。そればかりではなくわが娘、中宮彰子の命も狙っている。なんとしても殲滅せよ」

さすがに保昌は聞いた。

「一体いかなる因縁で」

「話はさっき申した者たちから聞け」

道長は手を振って立ち去れと合図した。

さっぱり要領を得ない頼光と保昌は、そのまま宮中にいる和泉式部に話を聞きに行った。

この時が、藤原保昌と和泉式部の初の対面だった。

悲しみに沈む和泉式部は、ゆっくりと二人に頭を下げた。

「帝より命を受けたとのこと。感謝いたします。どうか娘を取り返してください」

頼光は言った。

「大江山は何かこの宮中に関わりがあるのか。どうもややこしい話をされたのだが」

「道長さまはおっしゃられなかったのですか」

「そなたより話を聞けと」

「さすれば申し上げますが」

和泉式部は大江山と藤原伊周との関わりを話した。当然、武士たちは仰天する。

「なんと、異族は朝廷のもう一角、藤原伊周どのと関わっておるのか」

頼光が言うと、保昌もうなずいた。

「大江山に敵対するということは、伊周どのと敵対することになるやもしれぬぞ」

和泉式部は叫んだ。

「しかし勅命が出たのでしょう。藤原伊周どのはなにもできないはずです。どうか娘をここに戻してください」

　それでも二人は顔を見合わせた。

「陰陽師に話を聞いてからだ」

　二人は和泉式部から離れた。


　安部の邸への道すがら、頼光は保昌に言った。

「ちょっといいか」

「なんだ」

「この征伐、なんとか辞退できんか」

「なにを言うか」

「どう見ても厄介なことになるぞ。藤原道長と伊周。京の二大勢力だ。今こそ道長どのが権を握っておるが、なにかの拍子で伊周どのがそれを取り戻すことも考えねばならぬ。割など食いたくはなかろう」

「そんなにやめたいのか」

「異族の山に乗り込んで行って、生きているか死んでいるやもわからぬ女子供を救い出す。それに政（まつりごと）がからんでいる。すぐにでも逃げたいね。おまえはどうなんだ」

「やるしかないだろう」

「えらい乗り気だな、なぜだ」

保昌は黙った。その代わりに言った。

「陰陽師は何と言うかな」


安倍吉平は冷静だった。

「帝の勅命はありがたいことです。さすがに私どもではいかんともしがたい事態でした。やつらは邪悪です」

「いかにも。自分たちの仲間を増やすために日の本の女をさらうなど許しがたし。されど伊周どのはこれに対してどう出るか」

保昌が聞くと、陰陽師は軽く笑った。

「それについては、わたしより別の者に話を聞いた方がいいんじゃないですか」

「誰だ」

「清少納言」

「なに!?」

「藤原伊周、隆家の動きについてはよく知っているでしょう。そればかりでなく先日、大江山に自ら入って行きましたよ。女真の内情も見ているでしょう」

「すごい神通力（じんずうりき）だな。陰陽師」

頼光が言うと、吉平はしっかりため息をついた。

「これは会う人ごとに言っているのですが、わたしは父のような人智を超えた力は受け継いでいません。ただ式神(しきがみ)という名前の忍びをあちこちに放って、様子を窺っているに過ぎません」

保昌が遮った。

「しかし、清少納言が素直にここに来るか。いかに帝の命とはいえ、こちらは道長の陣。言わば敵方である」

「あなたの部下に清少納言の兄がいるじゃありませんか」

吉平はあきれた声で言った。

「清原致信か」

「いかにも。いざとなれば、かの愚かな兄を使うか、兄ともども清少納言を呼び寄せればよい」

頼光がぼそっと言った。

「陰陽師は敵に回すなということか」

3

呼び出された清少納言は、あいもかわらず文句を言った。

「兄は関係ないわ。解放してやれ」

清少納言を取り囲んでいるのは、源頼光、藤原保昌、そして安倍吉平。どう見ても物騒で不気味なやつらだが、相変わらず清少納言は恐れを知らない。

もちろん清原致信も呼び出されたのだが、何も有益な情報は持っていなかったようで、別室で待たされていた。

保昌が返答した。

「勅命である。わしの部下である清原致信にも鬼退治に参加してもらうつもりだ。だから関係ないとは言わさぬ。せいぜい役に立つことを言ってもらおうか、清少納言よ」

「そうか、ついに大江山に戦(いくさ)を仕掛けるのか。それはそれでよい」

「女たちを解放せよという勅命だ。中に入ったことがあるのであろう」

「一度だけな」

「話してもらおうか」

「伊周どのと異族の関わりは承知ということでよろしいのだな」

清少納言は鋭く三人を見渡す。

安倍吉平が軽くそらんじた。

「藤原伊周どのには、女真族の王女であるリルに産ませた子がいる。シュテンという女児。そろそろ十歳になろう。大江山の鬼たちは、この女児をくさびとして朝廷を奪い取ろうとしている」

「見事な神通力だ。さすが陰陽師だの」

「言い慣れた次の言は略す。それで伊周どのはどういうつもりなのだ」

「その二人だけは助けてほしいと言っている」

「では大江山を、女真の民を殲滅しても何も言わぬと」

「その二人さえ生きて伊周どののもとにあれば」

「では話はかなり楽になるな」

清少納言は、女真族の強者を率いるジュキという男について話した。

「そのジュキというやつが一番の宿痾で、あれとその周りにいる者を始末すれば、大江山は壊滅するだろう」

頼光が言った。

「大人の鬼たちを皆殺しにすりゃええんだろう。話は難しくはないな」

吉平が首を振った。

「難しいですよ。それでも」

「なぜだ」

「大江山はすでに要塞です。式神を近くまで行かせましたが、門だけで太い柱を数本も立て、板は厚い。山の豊富な木材をふんだんに使い、幾重にも固めてある。門がこの様子なら奥までにどれだけの障害があるかわかりません」

「しかし異族は数が少ないのだろう」

そう言って頼光は清少納言に顔を向けた。

清少納言が言った。

「わたしがちらと見ただけで、やつらが強いのはわかるぞ。みんな熊の毛皮を着ていた。どういうことかわかるか」

保昌がぼそっと言った。

「熊か。戦いの勲章としてまとっているのだな」

「いかにも。一人一人がそれぞれ巨大な熊を殺すことができると誇示しているのだ」

今度は頼光が黙った。

吉平が言った。

「近頃、都の市場には獣の毛皮や珍味が並んでいます。あれらすべて、大江山の産物であり、やつらの兵はとても豪猛です。数が少ないからといって油断できるものではありません。おそらく、一人が日の本の武者十数人分」

　保昌が清少納言に聞いた。

「そのような者たちが何人いるんだ」

「全部見たわけではないが、最低でも十人以上はいるだろう」

　保昌は頼光の方を向いた。

「ひとりが十人分の武力としよう。そういうのが二十人いれば、当然我らは二百人そろえなければならぬ。さらに言えば、鬼は険しい山の中に要塞を築いておる。砦(とりで)を攻めるには数倍の兵が要る。確実に勝とうと思うなら、千人は用意せねばならぬ」

「千人。一国を攻めるに要するような兵数か」

　今度は保昌がため息を吐く。

　吉平が割って入った。

「お二方、肝心なことを忘れておりますよ」

「何だ、陰陽師」

「千人を率いて要塞攻めを行なえば、中にいる女子供の身はどうなるでしょう。帝の命は、女たちを解放せよ、とのこと」

　場は静まり返ってしまった。

　頼光がぼそっと言った。

「だからもう断ろう、このような厄介ごと」

保昌が首を横に振った。

「ここまで来て引き下がるとは情けない」

「たとい危険な思いをして鬼を殲滅しても、女子供が先に殺されちまっていれば、帝の命を守れなかったことになる」

清少納言が言った。

「山は。小倉山。三笠山。このくれ山。わすれ山。いりたち山。鹿背山。ひはの山。かたさり山こそ、誰に所おきけるにかと、をかしけれ。五幡山。後瀬山。笠取山。ひらの山。鳥籠の山は、わが名もらすなと、帝のよませ給ひけん、いとをかし。伊吹山。朝倉山、よそに見るらんいとをかしき。岩田山。大比禮山もをかし、臨時の祭の使などおもい出でらるべし。手向山。三輪の山、いとをかし。音羽山。待兼山。玉坂山。耳無山。末の松山。葛城山。美濃の御山。柞山。位山。吉備の中山。嵐山。更級山。姨捨山。小鹽山。浅間山。かたため山。かへる山。妹背山」

みんながあっけにとられた。

頼光が叫んだ。

「なんだてめえ、ふざけるな」

清少納言はかすかに笑う。

「それではこうしよう」

第十一段　和泉式部、娘のために邁進す

1

　藤原保昌は再び和泉式部のもとに現われた。

「一つ、お願いをしに参った」

「私は娘を取り返してくれるよう、すでにあなたたちにお願い申し上げております。それに関わることですか」

「間違いなく」

「聞きましょう」

「清少納言の企みだが、わたしは勝算があると思った。そなたに今一度、大江山に登っていただきたい」

「娘に会うためなら何度でも」

「しかし、これは危険なことになるやもしれぬ」

「どういうことですか」

保昌は清少納言の計略を告げた。

「言わば、だまし討ちよ。しかし練られてはおる。引き受けてくれるか」

和泉式部は逡巡すら見せずに答える。

「もちろんです。それで娘を取り返せるのなら」

「頼む」

保昌は頭を下げた。

「お願いいたします」

和泉式部も同じくらい頭を下げた。

保昌が何かを思いついたように、ふと頭を上げた。

「今ひとつ、お願いができた」

「なんでしょうか」

「話したこと。つい今の今までそのつもりであったが、一切忘れてはくれぬか」

和泉式部は驚きすぎて口を開けたままになってしまった。

「何ですと。そんな、一体なぜ」

「危険すぎる。そなたに危ない役割を負わせるべきではなかった」

「何をおっしゃられますか」

「されどこれは、やはり清少納言の浅知恵。うまくいくとは限らぬ。少しの誤りがすべてを台無しにするやもしれぬ」

　保昌はさらに頭を下げた。

「頼む。忘れてくれ」

「では、他に娘を取り戻すいい知恵があるのですか」

「それは……これから考える」

「なりませぬ。わたしが考えても、他の女たちも無事に取り返すには、清少納言どのの策がいいと思われます。そして、その役はわたししかできるものはおりませぬ」

「しかし……」

「今娘がどんな目に遭っているかわかりますか。娘があの山にとらわれてから何日になりますか」

　和泉式部は保昌に叫んだ。また頭を下げた。

「わたしからもお願いいたします」

　清少納言の兄清原致信は、大宰府にあって第三位の役職である大宰少監（しょうげん）などを務めたが、立身出世が遅れに遅れ、嘆（なげ）いてばかりの軽輩だった。

　そんな清原致信が、突然、妹の清少納言の家に上がり込んできた。

「おいおまえ、一体どういうことになっているのか教えろ」

「何のことじゃ、兄上」

「とぼけるな。藤原保昌さまを巻き込み、何かたいそうなことをしようとしているのだろう」

「保昌どのは何も教えてくれぬのか」

「身分が違う。俺からは何も聞けぬわ」

「あはれなるもの。孝ある人の子」

「うるさい。とにかくどうなっているか教えろ」

「兄上はどこまで知っている」

「事は藤原伊周どのに関わる一大事ということまでは耳に入っている。されど、それ以上は知らぬ」

「まあよかろう。下手(へた)に吹聴(ふいちょう)されても混乱の因(もと)である。これは他言無用ぞ」

「いいとも」

清少納言はことの始まりから兄に教えた。清原致信はさすがに驚いた様子で絶句した。

致信は少し考えていたが突如叫びだした。

「これは、うまくいけば伊周どのが天下をとれるということなのか」

「もう帝より勅命は出た。大江山は征伐される」

「帝はいいのだ。そうではなく、道長公の命をあいつらは狙っているんだろう」

「道長亡かりせば、伊周どのとその子は表に出る。それは確かだわ」

「なぜ、それを先にやらせぬ」

「兄上は何を言っているのだ」

「このままでは完全に道長どのの天下。俺たちのような下の者は日の目を見ない。おまえは伊周どのの側にいるのだろう」

「鬼に天下をとらせるわけには参らぬぞ。気は確かか」

「まず伊周どのに天下をとらせて、しかるのちに勅命をもって鬼を排すればいい。異族なんぞ数はいないだろう」

「なんと己に都合よく考えられるものよ」

「真剣にそうせよ」

「すでに大江山の征伐は動いている。手遅れぞ」

「伊周どのに告げればなんとかならないか」

「下手に動くな。兄上の命まで危うい」

「おれにとってまたとない機会だというのに」

清原致信はぶつぶつ言いながら飛び出してしまった。

清少納言はため息をついた。

2

和泉式部は車に乗って、大江山の麓へと向かう。

今回は藤原保昌ほか、武士たちの護衛がついていた。

車を下り、一行は山道を進む。和泉式部にとっても険しい山だが慣れた道ではある。数刻を経て鬼の城塞にたどり着いた。

「娘を返してください」

リルがジュキとともに出てきた。

「何だ、警護を連れておるな。力ずくか。それにしては数が少ないが」

「おとなしく話をしにまいりました。この者たちは京の武士です。もしわたしか、これらの者のいずれかが戻らなかった場合には、帝は全軍を出します」

「もちろん我らとて、この国に弓引く者ではない。話をすると言うならそうしよう」

「それでは娘を帰していただきたい」

「いつかは帰す。わが子シュテンにはあの子が必要なのだ」

「わたしにはもっとあの子が必要です」

「ここに住めばよい。母子ともども。おまえの食い物くらいいくらでも用意してやる。なぜ京で働くのだ。その必要はない」

「わたしはこの国の民です。娘もまたそうです。そしてここは、日の本の大江山です。大陸ではありません」

　保昌がここで割って入る。

「少し、よろしいかな」

　今までこの男のことなど歯牙にもかけていなかったが、リルは一応聞いた。

「なんだ」

「この者も申した通り、ここは日の本。女を連れ去ることは帝のよく思わぬところでございます」

　ジュキが言った。

「何を申しておる」

　保昌は続けた。

「帝、ひいては日の本の国と敵対したくなくば、今すぐ婦女子を解放すべし」

「おい、誰かこいつらをつまみ出せ」

　ジュキが立ち上がる。背丈だけで日本の武士たちより一尺ほど高い。腕の太さも比べものにならない。リルが笑みを浮かべながら止めた。

「我々女真族も繁栄したいし、しなければならないのだ」

「里に下りて日本人とともに増えていけばよいだけのこと」

「ありえぬ。我々はこの島のひ弱な者たちとは、生まれも違えば言葉も違う。いずれは大陸に凱旋せねばならぬのだ」

「今でもこうして無用な壁ができております。これはいつか戦になるやもしれませぬぞ」

「我らが女真族に脅しをかけようというのか」

「そのつもりは毛頭ない。どうか穏便に対処していただきたい」

「十分に穏便である。これ以上はありえぬ」

和泉式部が叫んだ。

「とにかく、娘に会わせてください。この者たちは同行しませぬ」

リルが立ち上がった。

「それならいいだろう。こっちだ。奥だ」

ジュキが武士たちに言った。

「おまえら、動くなよ」

女真族の屈強な男たちが、保昌らを取り囲んでいた。人数は多くないが、いずれも精鋭だろう。

和泉式部は歩きながら小さな声でリルに話しかけた。

「あなたたちの目的は知っています」

「なんだいきなり」

「藤原道長公を亡き者にして伊周どのを立てる。そうしてこの部族ごと京に上がるつもりでしょう」

「それがどうした」

　リルはかすかに笑った。

「そうしなければ娘を帰さないというなら、手伝います」

「ほう、それはおもしろい」

「今年の夏か秋、道長公は供の者を最少にして山に登ります」

「この大江山ではあるまい」

「違います。京に近い金峰山（きんぷせん）です。参詣いたします」

　リルの顔色が変わった。

「いつだ」

「わたしは下位の者、すぐにはわかりません。けれどいずれわかります」

「わかった。ここから先は伊周に聞こう。おまえの言うことが真実かどうか、すぐにわかるからな」

「娘は返してくれますね」

「今ではない。しかし話によってはずっと早くに下山させよう」

リルはそれきり背中を向けた。

和泉式部が娘と再会を果たし、また涙の別れをしたのち、藤原保昌ら一行は女真の城塞を出た。

里近くまで下りてきた頃、保昌は和泉式部に聞いた。

「どうであった」

「思った通りでした。娘はあの異族の娘の好きな時に呼び出される。それ以外はずっと閉じ込められています。逃げ出さぬように。おそらく他の女たちはもっとひどい扱いを受けています」

「やはりか。それで、伝えることは伝わったか」

「はい。わたしは信用できないから伊周どのに聞くと言っておりました」

「よかろう。もうこれ以上はならぬ。後は我らでやる。すまなかった。危ない思いをさせた」

「いいえ、危険なのはあなた方です。先ほども、あわや血が流れるところでした。次の仕掛けもわたしがまた山に登った方がいいでしょう。女と軽んじられ、殺されることはない」

「それはできぬ。そなたをまたあんなところに出すわけにはいかん」

「娘はまだあんなところにいるのですよ。ずっと」

保昌と和泉式部は互いの次の言葉を待つように沈黙した。

やがて保昌が言った。

「娘はわたしの命に代えてでも取り戻す。だから頼むから、危険なことはやめてほしい」

「わたしの、娘です」

保昌と和泉式部はまた沈黙した。

3

紫式部は、大江山から戻った和泉式部を呼びだした。

ふたりはさりげなく源氏物語の話をする。途中の数言をのぞいては。

「参詣の日が決まりました」

「お伝えくださりありがとうございます」

藤原保昌に伝えなければ。そう思って和泉式部が宮中を出た時、辻に立つ人影が眼に入った。

「あなたは陰陽師の」

「安倍吉平です」

「まさかわたしを待っていたとか」

「実はその通りです」

「すごい神通力ですね。さすが安倍晴明の血」

安倍吉平はため息をついた。

「もう言うのはやめますが……。とりあえず慌てずとも事態は動いております。武士たちの方にはわたしから伝えておきます」

「ありがとうございます」

「礼には及びません。私は淡々と目の前に続く道を歩くだけです。あなたはあなたのすべきことをしてください」

「と言いますと」

「今度は保昌どのの護衛なしで大江山にのぼってください。そばに誰かいたら警戒されるし疑われる。できますか」

和泉式部はしっかりうなずいた。

「はい」

「では特別な酒を持って行ってください。強力な眠りを誘う薬草を混ぜた酒です。ただし条件がある」

「なんでしょう」

「女真族たちは警戒し、運んできたあなたに毒見をさせるに違いない。あなたにはもちろん解毒の薬を持たせます。それを歯の間ですりつぶして口に含みながら酒を飲めば、幾ばくかは薬草の効果は抑えられる。されど、この薬草の効き目は強く、解毒の薬も及びません。あなたには山にのぼるまでに薬草に身体を慣れさせていただかねば」

「何をすればよいですか」

吉平は瓶（かめ）を和泉式部に手渡した。

「この酒を飲んでは眠り、起きてはまた、この酒を飲んで眠る。これを繰り返すことで、薬草入りの酒を飲んでも眠くなるまでにだんだん身体を慣らすのです。わたしの式神も同じ訓練を積んでいるので、鬼たちと一緒に酒盛りをしても眠ることはない。あなたにも山に入ったら、娘たちを助け出すように動いてもらわなければならない」

大江山にて、リルは報告を受けた。

「鳩（はと）が来ました」

「なんと言っている」

「八月。数日かけて参詣するとのこと」

「よし。やるか」

この時、シュテンが来た。

「あいつなんとかしろ」

「和泉式部の娘か」

「もう一言も言わない。地面に字を書いているだけだ。殴っても動かない。言うことを聞かせろ」

「おまえが殴るからだろう。少しは反省しろ」

「母上がこんな風に連れてきたからだろう」

リルのせいにされた。

もちろん、有無を言わせずさらってきたことは悪いとは解しているのだ。

それは他の女たちもそうだ。いきなりかどわかしてきて子供を産むための牢獄につながれるなど、天に反する行ないであろう。自らの身に起こったとすれば怒りに震える。

されどすべては女真のため。部族の悲願を果たすため。大陸ではただ弱いばかりに根絶やしにされた部族は数知れず。女真族もいつそのような憂き目に遭うか。そうなった時の悲惨さは、ここの女たちの比ではない。

鬼と言われようとも、このまま進むしかないのだ。

この島、日本を完全に女真のものにするまで。

寛弘四年（一〇〇七）八月二日。

藤原道長は京を出発し、金峰山に向かった。

この時、藤原伊周邸に現われた者がいた。

清原致信。清少納言の兄である。

身分差があり、屋敷には入れないので、門前にて面会を申し込んだ。

「ぜひ藤原伊周どのとお会いしたい」

「主はそなたのような武士郎党とは会わぬ。用件を言え」

「ごくごく内密、されど重大な件である。曲げて頼む」

「ならぬ」

衛兵と押し問答をしているところに女が現われた。

「兄上、みっともないぞ。あきらめよ」

清少納言だった。

「なんだおまえは、妹のくせに邪魔をしに来たのか」

「世の波は変えられぬ。逆らえば先は長くないぞ」

「逆らっているのではないわ。流れに乗っているのがわからぬのか」

衛兵が叫んだ。

「目障りである。帰れ帰れ」

その時だった。

「一体何事だ」

門の奥から現われたのは館の主、藤原伊周である。

「清少納言ではないか。そこにいるのは誰ぞ」

「わが兄、清原致信です」

「兄妹そろって何用か。門の前では騒がしい。中に入れ」


一方、京の北西。大江山山中。

和泉式部は砦の前でこちらも女真族の兵と対峙していた。

「中に入れてください」

「そなた一人ならいつでも歓迎すると言われている。されど我らに危害を加える者までは許容できぬ」

和泉式部は供の者を指した。

「この者たちはあなたたちに害を加える者ではありませぬ。女一人の道行きであるから用心のために連れてきただけです。武器さえ持っておりませぬ」

確かに和泉式部が連れてきた者たちはまとっている衣も薄く、身軽でとても武士のものではない。刀や短刀すら隠すところはない。

しかし、供の男たちはかなり大きな木箱を持っていた。

「その中は」

「この砦の方たちへ、贈り物です」

「改めるがよいか」

「どうぞ」

中から現われたのは酒瓶(さかがめ)だった。

「よかろう」

女真族の砦に通された。

現われたのはリルではなく、ジュキだった。

「何用か」

「リルはどこですか」

「今は会えぬ」

「ではあなたでもいいです。娘に会わせていただければ」

和泉式部はそれから荷を開けた。

「この酒はわたしからの贈り物です。どうか、皆さんで」

「娘に会うのはかまわぬ。リルさまの娘、シュテンさまにも会ってくれ。しかしその酒、まさかとは思うが毒などではなかろうな」

和泉式部は笑った。

「臆病なお方。わたしが毒味してもかまいません。今ここで少し飲んでみせます。どの瓶かあなたが選んでください」


砦の外に、和泉式部を追うようにゆっくりと山を登ってきた影があった。

今度は武装した男たち。先頭に立つのは藤原保昌である。

その後方に顔を隠した男がいた。

「和泉式部はうまくやってくれるか」

「ああ。あの者なら絶対うまくやってくれる」

保昌は答えた。声がしかし震えていた。


京は藤原伊周邸。

伊周に頭を下げた清原致信はまくし立てた。

「一大事でございます。わたしは藤原保昌公のもと色々耳にすることがございます。今回藤原道長公がろくに供も連れずに金峰山に参詣するということでございますが」

伊周が遮った。

「それはもう聞いておる。実際に公は行かれた。だから何だと言うのだ」

「大江山に住まう者がそれを聞き、公を討ち取るいい機会だとそちらに向かうとのこと」

「それについても聞き及んでおる。されどわれの関わることではないわ」

「大きな声では申しません。しかれども、これは伊周さまにとっても悪くはないのでしょう」

「何が言いたい」

「もし藤原道長公が京に戻ってこなかった場合は」

「我にはきっと厄介ごとがたくさん回って来るやもしれぬな」

「それでございます。私どもは陰日向なくずっと伊周さまの味方でございます」

「ありがたく礼を申しておく」

「それはここにいる清少納言も同じ。しかしながら道長公とて用心しないはずはありませぬ。これは裏があるはずです。大江山に住まう者たちが襲ってくるのを承知でわざと出かけ、返り討ちにせんという企み」

「なるほど」

「伊周公はさらにその裏を行くこともできるのではございませぬか。手勢を派して加勢し、金峰山で長年のしこりに決着をつけるのです。いざとなれば、このわたし自らも加わります」

清原致信は言い切った。

しばしの沈黙。やがて藤原伊周は笑った。

「なかなかおもしろかったぞ。ありがたく拝聴した。されど今はならぬ」

「なぜ」

「大江山に住まう者は邪(よこしま)である。少しは懲(こ)りた方がよい。道長が代わりをしてくれる。襲えばよい。そして迎え撃てばよい。わが弟、隆家が金峰山に出向いておる。結果がどうあれ知らせてくる」

さすが藤原伊周。用意は怠(おこた)っていないわけか。

清少納言は、うつむく兄に歩み寄った。

「もうよかろう。兄上、失礼しましょう」

伊周も言った。

「ご苦労であった。これからも期待しておる」

しかし、清原致信は顔をあげた。

「今ひとつ、申し上げたいことがございます」

「なんだ」

「実は企みは二重。藤原道長公が金峰山であやつらを迎え撃つのは謀(はかりごと)の一段目に過ぎませぬ。本懐(ほんかい)は二段目にあります」

「それはなんだ」

「道長公の金峰山参詣は囮。すべては鬼となった異族をおびき寄せるため、しくまれたもの」

「それはもう聞いた」

「そして手薄になった大江山に別の隊が襲いかかり、山を壊滅させんがため。これが二重の謀にございます」

「大江山を崩すというのか」

「いかにも。向かっているのがわが主。大江山の異族の精鋭は、遠く離れた金峰山に向かう。手薄になった大江山を襲い、異族の拠を根絶やしに」

伊周は話の途中で立ち上がった。

「それはならん」

清少納言が叫んだ。

「伊周どの、どこに行かれる」

「大江山だ」

「御自らが？　危険です」

「しかし我は妻子を守らねばならん」

リル。そしてシュテン。伊周にとっては大事な妻子だ。

伊周が奥に向かおうとする。清少納言が言った。

「待たれよ。わたしも行く」

「なに」

「気の立った男同士だけでは、間違いが起きるやもしれん」

伊周はすぐ決断した。

「そうだな。来い」

第十二段　鬼、金峰山にも出ず

1

金峰山。京より南へ二十里余、大和国は吉野にある。『金の御岳』とも呼ばれ、古くから修験道の聖地であった。大江山とは京を挟んで真逆の方角。

陰陽師の安倍吉平も、藤原道長一行に同行していた。

すでに山には式神と称した手下を見張りとして多く配し、何者かが接近すればすぐにわかるようになっている。

今また鳥が甲高く鳴いた。もちろん式神からの報せだ。

安部吉平は駕籠の中に言った。

「怪しい影が見え隠れしている様子です。されど今のところは接近する気配なし」

駕籠の中からの声は、少し間延びした返事がくる。

「帰りを狙うつもりか。すると形ばかりでも参詣せねばならぬな」

「そうかもしれません」

「長く様子を窺うほどに嗅ぎつけられやすくなるというのに、どういうつもりであろうな」

「こちらの備えに怖じ気づくやもしれませぬ」

「それならそれで平和でよいが」


ゆったりと金峰山をのぼる藤原道長の一行。

それをつかず離れず山に潜んで追う女真兵。

所々に陰陽師の式神がいて様子を知らせる。

藤原隆家は、さらに後方から蠢く策謀の行方を眺めていた。近くには、長く仕える平致頼の姿もある。

隆家がぽつりと言った。

「このまま何も起こらずに終わってくれればいいな」

混乱なく平和に。そんなはずはなかった。

大抵において道は細く、縦列にならなければ通れない。吉野山へのぼる道には平坦もある。見通しよくなれば、どうしても警備が散漫になってしまうものだ。

藤原道長の行列には、先頭としんがりに武士の警護が配され、警戒しつつ進んでいた。

しかし視界の開けた尾根に到達し、次なる峠を目指して草原を歩みはじめた瞬間。

木々が、草が、揺れ動いた。

次の瞬間、四方八方から女真兵が飛び出した。

弧を描いた独特の刀。そして、腹を震わす雄叫び。

一気に道長一行の中心にある駕籠に襲いかかった。

それを見ていた隆家は叫んだ。

「やはり待ち伏せか」

どこで襲うかと推理していたが、女真はやはり戦いの場を、自らの得意とする広い地形に求めたということか。

屈強な女真族たちが鬨の声をあげて迫る。

騎乗に適した小型だが強靭な弓から、次々と矢が放たれる。それらは弧を描いて道長の乗る駕籠に向かった。空気を裂く音とともに矢は、駕籠の側面に次々に突き立った。

「ウウハァー」

声ならぬ咆吼とともに襲いかかる女真兵。その足は速く、その剣は比類なき膂力がゆえに強い。道長警護の武士も長剣を抜くが、その強圧力に吹き飛ばされた。

女真族は転がった武士たちを無視して駕籠に走る。狙うは藤原道長の首一つ。

駕籠は装飾も豊かだが装甲も厚い。矢のみでは中の道長はまだ無事と見えた。

女真の巨大な兵たちは体当たりする。駕籠が大きく傾き、地響きたてて横倒しになった。

倒れた駕籠に女真兵が群がり、剣を打ち下ろしている。何かが割れる音ともに木片が飛んだ。

もはや道長の命は風前の灯火。

眺める隆家に、平致頼が聞いた。

「どちらに加勢しますか」

隆家は首を横に振った。

「まだ、よい」

平致頼は見た。隆家の視線の先を。

そこには陰陽師と式神たちがいた。

陰陽師安部吉平は開けた尾根の上方から戦場を俯瞰し、式神たちに命じる。

「敵数、方角、言え」

「総数十九。東に最多七」

「たった十九。なめられたものだな。伏兵はあるか」

「周囲、なし」

それを聞くや、吉平は片手を高く掲げ、周囲に轟く声で叫んだ。

「急 急如律令」

細身に似合わず大きく響いたその声に応じ、山の要所に潜んでいた重装の武士たちが一斉に姿を現わした。開けた尾根にどっとなだれ込む。その数、百余り。

「殲滅せよ。ひとり残らずすり潰せ！」

金峰山に何度も足を運び、女真の戦い方も研究した。どのような地形が彼らの襲撃の適地か、さんざん頭を悩ませた。幾通りもの道筋を考え、要所に伏兵を配していた。

「甘すぎるぞ、異族ども」

吉平は嗤った。

駕籠の周囲に女真の兵。その中心で駕籠を打ち壊さんと試みる数名。

女真兵たちは、いきなり現われた重装の武士たちに囲まれるが、一騎当十とも言うべき奮戦を見せる。

だが次第に、剛剣も重装の数人がかりでからめとられ、徐々に駕籠を取り巻く輪は小さくなっていく。

その時、ついに駕籠が打ち壊される。

喜びの雄叫びをあげる女真兵。

次の瞬間、その兵は喉を貫かれて地に伏した。

倒れ半ば粉砕された駕籠から突如現われたのは、いささか華美に過ぎる鎧武者。

「死ね、蛮族どもめ！」

絢爛たる鎧に身を包んだ源頼光は、なおも剣を振りながら叫んだ。

「関白どのがおめおめこんなところに来るかよ。馬鹿が」

2

一方、大江山にて。

和泉式部は砦の奥でなんとか幼い娘のもとにたどり着いた。

「母上」

「寂しい思いをさせてごめんね。今日こそ連れて帰りますからね」

「だめです。母上までがひどいことをされます」

娘はぶるぶると首を横に振った。

その顔には幾つもあざがあり、手足には傷も見えた。

シュテンが気まぐれに何度も殴ったのだろう。和泉式部は怒りと悲しみにわれを忘れそうになったが、気を取り直した。

「もう間もなくです。今はおとなしく待ちなさい」

そこへ、リルの娘シュテンが現われた。

「こいつは最近泣いてばかりで全然遊ばない。昔みたいにちゃんと遊ぶようにさせろ」

「こんなところに閉じ込めるからです。家に帰りますから、あなたが京に来てください」

「閉じ込められているのはわたしも同じだ」

わがままで幼いシュテンはわめいた。さらに石まで拾って投げつけてきた。

「危ない」

和泉式部は娘をかばった。肩に石が当たり、強い痛みが走った。

「何をするのですか⁉」

その時、太く低い声が響いた。

「おい！」

将軍、ジュキだ。

「女、おまえ酒に何を盛った」

和泉式部は思わず息を呑んだ。

振る舞った酒を飲んだ鬼たちは、次々と深い眠りに落ちていったはずなのに。

そう、陰陽師安倍吉平が持たせた酒は、強力な睡眠薬入りだった。

鬼たちがすべて眠りに落ちたら、娘とともに逃げるつもりだった。砦の外には、藤原保昌らが郎党を連れて待機している。

しかし、警戒心の強いジュキだけは酒を飲まなかったようだ。

あるいは指揮官たる将軍が飲んでは示しがつかないと思ったのかもしれない。いずれにせよ、これでは逃げられない。目の前が暗くなった気がした。

その時、供として砦に入った式神の一人が走り込んできた。

「早くお逃げください」

「なんだおまえは」

ジュキが振り返る。

その瞬間、陰陽師の手下は口に含んだ何かをジュキの顔に吹きつける。目くらましだ。

ひるんだジュキの左に道ができる。

和泉式部は娘の手を引いてすり抜ける。

「砦の扉は開けました。まもなく加勢がなだれ込んで……」

式神の声が中途で途切れる。

同時に背後から生温かい湯をかけられた。

血だった。

振り向くと、式神は上半身と下半身に分かれ、文字通り真っ二つになって転がっていた。

目くらましなど、強大なジュキ将軍にはなんの役にも立たなかったようだ。

刀を抜いたジュキが背後から斬りつけ、小柄な式神はあっけなく両断されてしまった。

砦の床に流れる赤黒い血と桃色に光る内臓。

娘が息を忘れ、自らの足を浸す血に目を見開いた。

「見てはだめ」

和泉式部は娘の顔を袖で覆った。

「下らぬ小細工をしおって。もう容赦はせぬ」

ジュキが血のついた刀を振り上げた。

その瞬間、シュテンが刀と母子の間に割って入る。

「この子に触れるな」

「そこをどけ」

「この子はわたしのただ一人の友達だ。変なことするな」

「その者たちは我ら女真族に刃向かった。ゆえに生かしてはおけぬ」

「そんなの関係ない。わたしの友達に触るな」

ジュキは一瞬戸惑いの表情を浮かべ、だがすぐに血の海に一歩踏み出した。

「それならわかった。たしかに子供を殺しても無駄だ。しかし、その女がしたことは許せぬ。母親だけ殺す」

シュテンも今度はうなずいた。

「うん、いつもこの女は邪魔をしに来る」

そう言って、身体を開き、ジュキを通した。

ジュキが刀をまた頭上にあげる。恐怖のあまり、和泉式部は娘を抱いたまま動けない。

その時。

「和泉式部！」

藤原保昌を先頭に、武士団が砦になだれ込んできた。

ジュキは舌打ちする。

「砦の門を開けられたか」

「大江山も終わりだ。覚悟せよ」

一斉にジュキに襲いかかる。

次の瞬間、何かが起きた。

血。内臓。そして身体の部位のどこか。

天から生臭く温かい血が、和泉式部と娘に降りかかった。

武士の生首が床に転がる。一瞬の間をおいて、その上に身体が倒れ落ちる。

三人の武士が一斉に飛びかかったのに一人は首なしにされ、もう一人はその勢いのまま斬り下ろされていた。そして藤原保昌は、ジュキの攻撃を刀で受けたものの、弾き飛ばされて壁に叩きつけられていた。

ジュキの腕の太さは、保昌のそれの倍はある。まともにやり合えば、ただ力の差に圧されるしかないのだ。

武者たちはたった一人の鬼を相手に遠巻きになった。ジュキは面倒くさそうにつばを吐くとおもむろに側面の武士に斬りつけた。巨体ゆえの腕の長さがあるから、想像以上に間合いが伸びる。

また一人、武士が真っ二つになった。

「次はどいつだ」

ジュキは、壁に叩きつけられて悶絶している藤原保昌に目をとめた。

「どうやらお前が一番手らしいな。死んでおけ」

ジュキは血のしたたる刀を振り上げた。

保昌が目を開いた。絶望的な顔。

和泉式部は叫んでいた。

「やめなさい」

そばにいたシュテンを抱え込んだ。

「その者に手をかけたらわたしがこの子を殺しますよ」

シュテンはいきなり抱え込まれて暴れたが、さすがに大人の力にかなうはずはない。ぎゃあぎゃあとわめいて和泉式部に噛みつこうとした。

和泉式部は摑んだままシュテンの顔を殴った。

殴られたことなど初めてだったのだろう。ありえないことが起きたという顔をしたあと、大きな声で泣き出した。

「黙りなさい」

和泉式部はさらに殴った。もうどうなろうとかまわなかった。この子さえいなければわが子はさらわれずに済んだ。この子さえいなければ。

「やめろ」

さすがに、ジュキは振り返ってわめいた。砦に声が響く。

和泉式部は懐から小刀を取り出し、大きな声で返した。

「動かないで。そこから一歩でも動いたらこの子をすぐに殺します」

シュテンの首あたりの肌に、小刀を押し当てる。

「待て。どうしたらその子を解放するというのだ」

「お前の命と交換だ」

背後から声。次の瞬間、低い体勢のまま藤原保昌がジュキの片足を薙いだ。

「ぐわっ」

初めてジュキの悲鳴が上がった。保昌はもう一閃、同じ足を狙う。

ここに至ってジュキの巨軀が裏目に出ている。すさまじい破壊力を発揮する重量ゆえに、片足をやられて支えきれずふらついてしまう。剣を振るうごとに傷の断面から、赤黒い血が噴き出ている。

保昌はそこを見切って飛び込んだ。また血しぶき。今度はジュキの右腕が飛んだ。剣を持ったままの腕は放物線を描いて、和泉式部とシュテンの前に落ちた。

さらに次に転がってきたのは。巨大な鬼の首である。音立てて転がり、顔が和泉式部を向く。

肌は紅潮したまま、その顔は怒りと苦痛で強く歪んでいた。

赤鬼、ジュキの最後だった。


藤原保昌がのろのろとやって来た。

「無事か」

「はい。ありがとうございます」

「いや、すべてに礼を言うのはこちらぞ。ほんとうによくやってくれた。さあ、出るぞ」

「終わったのですね。すべて」

「ああ、大江山はもうこれで終わりだ。我々は火をかけて出る」

この時、藤原保昌はシュテンに目をやった。

「こっちに来い。言っておくが暴れたり逃げ出したりしたら、こいつと同じ目に遭うぞ」

転がっているジュキの生首を指した。シュテンはただのわがままな子供だ。ぽろぽろと泣き出した。保昌が強引に引っ張り、近くにいた武士たちに連行させた。

和泉式部は娘をかばいながら砦の出口に進む。

酒を飲んで眠った鬼たちはことごとく喉をかき切られ、あるいは刀で一突きにされて絶命していた。

砦の床は女真族の血でくるぶしまで浸るほどだ。

和泉式部は思わず言った。

「これでよかったのでしょうか」

「いつかはこうならねばならなかった。女子供は皆逃がした。それよりそなたの娘が心配だ。大分痛めつけられているようだ。よい漢方医を知っている。里に下りたら連れて行こう」

「ありがとうございます」

「こんな場でなんだが、一つ頼みがある」

「なんでしょう」

「そなたは、わたしの命を身を張って助けてくれた。この恩は一生かけて返したい」

「どういうことですか」

「わたしに、その娘の父親にならせてくれ」

「それはつまり」

「わたしに添うてくれ」

和泉式部は思わず立ち止まった。

「いきなりそんな」

「頼む」

その時だった。

「わが娘と妻はどこだ」

悲嘆を帯びた声で叫ぶ者。

砦の中にその声は響き渡る。

「リルは。シュテンはどこだ」

藤原伊周。保昌はじめそこにいる者たちは、思わず顔を伏せた。

3

金峰山の戦いもまた、終局を迎えつつあった。

開けた尾根での攻防は続いていたが、もはや女真に勢いはない。

女真の強兵をその何倍もの武士が囲んでいる。中には馬に乗り、長槍で突く者もあった。力では勝る女真族だが、さすがに腕が届かない。また、逃げようにも馬の足にはかなわない。敵から離れれば矢が飛んでくる。

女真兵は一人また一人と討ち取られていた。

珍しくひときわ小柄な女真が、何かを叫んだ。

一点突破で囲いから脱するつもりか、その声に応じた数人が、小柄な女真を中心にまとまって動き出す。

そこに立ちふさがった武者がいた。源頼光である。

「お前が首魁(しゅかい)か。お前の相手はこの俺よ」

女真の曲刀(きょくとう)と日の本の刀が烈しく交わり、散る火花。響く金属音。

源頼光は言った。

「お前はすばしこいが、力は強くないな。まだ子供か」

自称将軍、ジュキの子にパラギという者がいると聞いた。

「だとしたらこの源頼光にあたったのが不運だな」

力に任せて刀を落とす。小柄な女真はかろうじて受けた。

少し離れて戦場を眺めているのは藤原隆家だった。

また平致頼が聞いてくる。

「いかがしますか、加勢は」

隆家は首を横に振った。

「もはや手遅れだ」

十倍超の兵に幾重にも囲まれては、女真族に逃げ場はない。

いかに大陸の強者どもと言えど、寡兵で日本の政を覆そうなどというのは無謀だったのだ。

「終わりだな」

*

伊周は叫んでいた。泣き叫んでいると言ってよい有様だった。

「女真の女子供はどこだ、殺したのか」

保昌は押し返すように言った。

「女子供には一切手にかけておりませぬ」

「ではリルは、シュテンはどこにいるのだ。わが子は」

和泉式部が指した。

「シュテンならあちらに」

保昌の部下たちによって抱え出されようとしていた。伊周は駆け寄りながら叫ぶ。

「シュテンはわが子である。返せ」

「はて、この大江山に住まう鬼の子でございます。解放するわけにいかぬのでは」

「何を言っておるか。わたしは前の内大臣、藤原伊周ぞ。シュテンをよこせ。それからリルはどこだ」

伊周が強引に兵士たちの間に割って入ろうとした。その時に声。

「やめよ」

顔を覆った武士が現われた。その声に伊周は振り返った。

「誰だお前は。関係ないだろう」

「これほどの大事。帝の裁定なしに事は動かせぬ」

武士は顔を覆っていた布を引き上げた。

「叔父上……」

「いかにも」

伊周の叔父、金峰山にいるはずの藤原道長だった。

「金峰山に行っていたのでは」

「むざむざ危ないところになど行かぬわ。それより帝からこの大江山の始末を命ぜられたのは、そなたにあらず。鬼の首領の子となれば、絶対に解放できぬ。京に連れて行け」

伊周が反論を試みるが、道長は片手で制した。

「邪魔をするようなら、そなたも同罪として拘束せざるを得ぬがそれでよいのか」

「おっと、その前に聞くことがあろう」

突如、女の声。清少納言である。

清少納言は男たちがあっけにとられているのもかまわず、ずかずかとシュテンに歩み寄ると聞いた。

「お前の母上はどこじゃ」

「母上は、今どこか遠くの山に」

「金峰山か」

シュテンはうなずいた。伊周は悲痛な声をあげた。

「そんな、まさか」

やはりリルは女真の王女。戦がある時は軍の先頭に立つ。そうでなければ部族に示しがつかないのだろう。

清少納言は首を横に振った。

「もう、手遅れじゃな」

＊

源頼光は小柄な女真の亡骸(なきがら)から刀を抜いた。

「まああの相手だったが、物足りぬな」

すでに女真族は全滅。襲撃者は一人残らず物言わぬ死体となって尾根のあちらこちらに転がっている。

「顔を拝むとするか」

源頼光は亡骸から顔を覆う面を剝(は)ぎとった。

現われたのは艶(つや)やかな肌だった。

「何と、女か」

細面で目や鼻は小ぶりだが正しく美しく配置されたその顔は、女真族の王女リルだった。切れ長の目は虚(うつ)ろに空を見上げていた。

寛弘四年（一〇〇七）藤原道長は八月二日に平安京を出発して大和国の金峰山へ参詣した。「御堂関白記(みどうかんぱくき)」には「道中、野宿」の記載ばかりである。そのまま八月十四日に道長は無事帰京を果たしている。

第十三段　幕間(まくあい)

1

最愛の妻を失った藤原伊周は以後、抜(ぬ)け殻(がら)となった。

首だけになって帰ってきたリルの顔を、一目だけ見てそのまま泣き崩れた。長い間、邸に籠もった。

しばらくのちに帝へ「娘と会えるようにしてほしい」と懇願する使いを出したが、無情にもその願いは聞き入れられなかった。

すでに都では、里に帰された娘たちによって、大江山の鬼たちの悪業は知れ渡ってしまっていたからだ。

鬼の一族。しかも首領の子だ。

「殺すしかないでしょう」

道長は帝に言った。しかし、一条天皇には伊周に同情するところもあった。

「鬼の娘とはいってもまだ幼く、しかも伊周の血を引いている。殺すのは避けるべきでは」

　天皇は穏健な意図を見せたが、道長は混乱してしまった。

「殺してはならぬとな。しかし京に置いておくわけにもいかぬだろう」

　どこへ追放すればよいのだ。

　困り果てたところに使者が来た。

　伊周の弟、藤原隆家である。

「シュテンの追放先に提案がある」

　隆家と道長は人払いをして会した。

　道長は警戒しながら聞いた。

「まさか、伊周のところなどと言うのではあるまいな」

「わたしもこの艱難を永劫終わりとしたいということでは同じ。されど、日の本においては、どこでも兄上が嗅ぎつけてしまう」

「ではどうするのだ」

「太宰府に伝手がある。そこから外へやってもらう」

「生まれの地へ返すのか。大陸へ」

「あの童子はこの国に恨みを抱いておろう。仕返しに大軍で来られても厄介だ」

「ではいずこへ」

「于山国」

「それはいずこか」

藤原道長は于山を知らなかった。隆家が説明してやる。

「誰一人知らぬような島よ。それでいながら一つの国」

「なるほど。わかった。そこへシュテンをやれば、それこそ誰も行方を知らぬままとなるわけだな」

「いかにも」

「任せてよいのだな」

「承る。されど条件がある」

「何だ」

「兄上の一切の罪状を無かったものにしてもらいたい」

さすがに道長は苦い顔になった。

「京にあれほどの混乱を巻き起こした鬼と交わっていたのだぞ。あの伊周は」

「重々承知。だが、その鬼ももはやなく、兄上にもはや野望はない」

「しかし……」

「ならばこの話はなしだ。シュテン、否、酒呑童子が藤原の血を引いていると京に触れ回ってもよいのだぞ」

「きさま！」

だが、やむなく関白道長は、隆家の提案を受け入れた。

シュテンはひっそりと太宰府から船に乗り、于山島へ送られた。

もちろんそれが伊周に伝えられることはなかった。伊周は娘の生死も知らずにその後を過ごすことになった。

翌年、寛弘五年（一〇〇八）には、伊周は大臣に任ぜられ、朝議でも発言権が持てるようになったが、もはや貴族たちの間に、伊周に期待する者は少なくなっていた。

同年九月、藤原道長の娘彰子が一条天皇の第二皇子でのちの後一条天皇となる敦成（あつひら）親王を産む。

さらにその翌年、お情けのように正二位に叙せられるも、形ばかりのもの。もはや誰一人、藤原道長に逆らう者はいなくなっていたのだ。

伊周は失意のうちに寛弘七年（一〇一〇）に没した。享年三十七。

2

和泉式部は大江山で恩を受けた藤原保昌と結婚し、その任地で暮らすことになった。

しかし、幼き小式部内侍の心は、山で受けた暴行や凄惨な光景には耐えられなかったようだ。大江山でのすべての記憶を失っていた。

母の和泉式部はそれでよしと思った。つらいいやな記憶なんて失くしてしまえばいい。だが、そうした凄惨な記憶は悪夢となって、娘に影響を与える。長じた小武部内侍は母譲りの美しさから彼女のもとに通う男は切れ目なく現われたが、結婚生活が長く続くことはなかった。

3

長和（ちょうわ）元年（一〇一二）の秋の夜。

藤原隆家は牛車に乗り、世を儚（はかな）んでいた。

時代はもう叔父である道長のもの。

本来であれば兄伊周に与（くみ）し、姉藤原定子の子を天皇につけるべく政治的に動き回らねばならないのは自分のはずだった。

けれど今や、自分は傍観者。何にも与したくない気が勝っている。

それは結局伊周の生き様をそばで見過ぎたからだろう。あるいは別に道長の世でも悪くないと思っている自分がいるのだろうか。

その時、牛車が止まった。

衛兵が叫ぶ。

「童か、どけ。どかぬとひき殺すぞ」

隆家は車から顔を出した。

童たちが数人、牛車の前に立ちはだかっていた。

「藤原隆家さまとお見受けいたします」

童の一人が言った。

「いかにも」

隆家は微笑みを浮かべて応えてやった。

「なにごとじゃ」

「是非申し上げたきことが」

「でなければ、ひき殺されてもここをのきたくないからです」

答えになっていない。しかしたかが童。いちいち目くじら立てるのも大人げない。

隆家は牛車の外に出た。

「何が望みだ」

「わが王女は今いずこにおわすのですか」

いきなり背後から背の高い少年が現われた。隆家は振り返る。

幼さは残るが、しかし精悍かつ凶暴な顔。

「お前は。そうか。女真か」

「あなたたち日本人に殺されたジュキの子です」

大江山では女子供は殺されなかったと聞いた。うまく逃げおおせていたのか。

「話は聞いている。パラギという名前も」

「それはありがとうございます。なぜかもう茨木童子という鬼の名がついてしまったんですがね」

酒呑童子の右腕たらんとする悪鬼、茨木童子。

「そうか。お前が」

最近、都を騒がせている盗賊の首領として、その名は知られつつあった。

「そう言うわけでわが王女は今どこにいるのですか」

「死んだ、と言ったら」

茨木童子は笑った。

「嘘つきだと言います」

「聞いてどうする」

「我らが民の、王です」

「ここは日の本よ。お前ももはや大和言葉以外は知るまい。いい加減意味のない出自など捨てよ」

「そういうわけにも参りません。わたしも、この子らも生まれた時から女真族です。それ以外の何者でもない」

隆家はあたりを見た。大江山で生まれ育った子供たち。

まだこんなにもいたのか。日の本に馴染めず、大陸にも戻れず、生き方を求めさまよう童子たちが。

「酒呑童子を捜し出して部族をまとめようというのか。この日の本で」

「さすが話が早い。して、シュテンさまはいずこに?」

「なおさら言うわけもあるまい」

茨木童子は右手を上げた。四つ角から弓を構える少年たちの姿が見えた。

「この距離なら外しません。童でも練習を積んでいますから。試してみますか」

隆家はパラギをにらんだ。

「だが私を仕留めれば王女の行方も闇に消える。おまえたちは朝廷に追われるあわれな童に過ぎなくなるということだが」

にらみ合った。

衛兵も下手に動いたら隆家に矢が飛ぶと思い、手が出せずにいる。

やがてパラギが笑う。

「言う通りです。隆家さま」

童たちに合図をした。

「消えろ」

子供たちは牛車の前から走っていなくなった。パラギも背を向けた。

「今晩は引き下がりましょう。しかし、わたしたちはあなたを狙い続けますよ」

矢が飛んできた。

それは隆家の頬をかすめた。

「今にこの国を我ら女真族のものにしてみせる」

隆家が滴(したた)り落ちる血を拭うあいだに、童子らは姿を消した。

第三部　荒ぶるものども太宰に来りて

第十四段　刀伊(とい)、入寇(にゅうこう)

宮の御前に、内の大臣の奉(たてまつ)りたまへりけるを、「これに何を書かまし。上の御前には史記(しき)といふ文をなむ、書かせたまへる」などのたまはせしを、

「枕にこそは侍(はべ)らめ」と申ししかば、

「さは得てよ」とて給(たま)はせたりし

『枕草子』

1

寛仁(かんにん)三年（一〇一九）の春の盛り。長徳の変より二十年余、大江山の鬼退治より十年余の歳月を経ていた。

紫式部のもとに面会をしたいという者がやって来たという。

困り顔の衛兵に紫式部は問うた。

「誰ですか」

「清少納言です」

ああ。宮中を去ってからもう長い年月を経ているというのに、誰一人知らぬ者はない。有名と言えば聞こえはいいが、人騒がせな年寄り。

何用ですか、と聞こうとしてやめた。清少納言のことだ。会えばわかるなどと言って粘られるだけだろう。

招くしかないでしょう。紫式部は大きく息を吐いた。

部屋に入るなり、清少納言は言葉を投げつけてくる。

「関白どのへお取り次ぎ願いたい」

「道長公へですか。なぜです」

「酒呑童子が奪い返された」

「何を言っているかわかりません」

紫式部は冷たく突き放す。

「島を出る時に見たのだ。大量の船が島を襲っていた。今頃、于山国は壊滅。女真族のものとなっておろう」

「どういうことですか」

「わからんのか。紫式部と言ってもたいしたことはないのう」

思わず紫式部は袖で床を叩いた。

「であれば『草子』のように短く話してください」

「女真族はシュテンの恨みを晴らしに、大挙して攻めてくるぞ。戦じゃ」

「それを道長公に伝えよと」

「最初からそう言っておろう。紫式部は世間の噂が勝っているの」

「もうよろしいです。用件は伝えますからお引き取りください」

「本当の用はそれではないわ」

今までのやりとりは何だと言うのだろう。ため息が出る。

「何ですか」

「シュテンを于山国に追いやったは藤原隆家どのじゃ。隆家どのは今太宰府におる。善後策を話す必要がある。わたしが行くから道長公に路銀を用意させよ」

紫式部は開いた口が塞がらなかった。

「なぜ道長公があなたのためにそこまでしなければならないのですか。もっと他に適任がいるでしょう」

「わたしは十年前、大江山にも行った。事の次第をすべて知っておる。余人では話が通じぬ。同じく大江山でのことを知る源頼光どのや藤原保昌どのは、その外敵に急ぎ備えねばならぬ。わたししかおるまい」

「たいした自信ですね」

「当たり前だ。わたしは清少納言ぞ」

——この年寄り女。頭が痛くなりつつあった。

紫式部はのちの日記に書いている。

『清少納言こそしたり顔にいみじう侍りける人。さばかりさかしだち、真名書きちらして侍るほども、よく見れば、まだいと足らぬこと多かり』


気乗りはしなかったが、関白藤原道長を訪ねた。

紫式部の話を聞いた道長は、苦虫をかみつぶした顔で手を振った。

「わかった。そうせい」

「清少納言に金を渡すのですか」

「そうせい。あやつが京からいなくなってくれるだけで静かになると思わんか」

紫式部はこっくりとうなずいた。


同じ頃、小式部内侍は義父である藤原保昌にあることを願い出ていた。

「太宰府へ行ってみたいのです」

「ほう、それはなにゆえじゃ」

「この間はすみませんでした。もうすべて思い出しました。子供の時分、わたしがどこにいて何をしていたか」

「それはもう過ぎたことじゃ。それより今なぜ太宰府へ？」

「胸騒ぎみたいなものです。杞憂であればよい」

「話してみよ」

保昌は娘に穏やかに問うた。

「シュテンは生まれてからずっと、大江山に閉じ込められていたようなものです。王女として大切に扱われてはいたでしょうが、実際は日の本侵略のくさび。絶対に死なれては困る。どこにも出してもらえなかったのでしょう」

「その通り。今もあれは異族と藤原家を忌々しくもつないでおる」

「シュテンからすれば、大江山からいきなり太宰府に送られ、そこから島流しになったんですよね」

小式部内侍は幼なじみに同情を感じていた。

「いかにも」

「あの子は太宰府に、この国に、戻ってくるのではないでしょうか」

「酒呑童子は復讐に来るということか」

「自分を閉じ込めていた島を焼いた。次は太宰府を焼き、しかるのちに京を焼くために上ってくる。そして、最後は大江山へ。そんな夢を抱いているような気がするのです」

「太宰府へ行き、その目で確かめてまいれ」

「いいのですか」

「見に行くだけじゃ。すぐに戻ってくるのだ。酒呑童子が太宰を攻めるという、そなたの予感が正しかったとしても、九州にとどまることを禁じる」

「はい。ありがとうございます」

「わしの考えは、そなたとは違う。一番はじめに女真族が流れ着いたのは能登（のと）じゃ。やつらの拠地は新羅高麗（しらぎこま）よりはるか北にあると聞いた。太宰の地は能登に比すと、遠い。酒呑童子はやはり能登から山陰（さんいん）の岸に上陸し、そこから一気に京を襲うと見ている。太宰府の地にいたが安全よ」

　そう言って藤原保昌は娘を送り出してくれた。小式部内侍は張り詰めた表情のまま旅立っていった。

*

　紫式部のもとに、衛兵ふたりが捕らえた少年を連れてきた。

「女房の棟のそばで闇に隠れてうろついていたので引っ捕らえました」

　まだ十歳を少し越えたくらいに見えた。

「名前は」

少年は答えなかった。

「まぁよい、おまえは痩せているから、『やせ』と呼ぼう。否、『八瀬童子』というのはどうじゃ。おまえも悪鬼どもの一味であろう」

もちろん少年は答えなかったが、紫式部は笑みを浮かべて続けた。

「答えずともよい。口には出さずともおまえの目を見れば答えは出ている」

あわてて少年は目をそらしたが、紫式部は強引に顔を自分に向けた。

「おまえたちの狙いは関白さま。されど、あまりに警備が厳しいので、女御たちの寝殿から入り込めないかと探りに来た。そんなところであろう」

少年が虚空に目を泳がせた。もうそれが答えだった。

「おまえたちの頭領は、近頃都を騒がせる茨木童子。おまえも大江山の生き残りか」

もう少年は心を読まれるのを受け入れたようだ。まっすぐ紫式部をにらみつけた。

紫式部もまたにらみ返す。十数歳の少年など脅威でも何でもない。

「そういうわけでおまえには、茨木童子の居場所を吐いてもらわねばならぬ。悪いことは言わぬ。早く口を開いてしまった方がいいよ。さもなければ、わたしはおまえを検非違使に渡さねばならぬ。そうなれば、童だろうと容赦されることはないからね、わたしはおまえをそんな目に遭わせたくない。どうだ」

少年は押し黙ったまま。すると、どこからか返事が聞こえた。

「心配ご無用」

と当時に、ひゅんと風を切る矢音。

黒く塗られた矢が、衛兵の腕に突き刺さる。衛兵は剣を取り落とした。

振り返ったもう一人の兵。その顔のすぐ近く、今ひとつの矢が壁に突き立った。

「おっと皆さん、動かないでください。矢が幾つも狙っています」

暗闇から現われたのは、パラギ。人呼んで茨木童子である。

背後には弓を構えた数人を従えている。

「ぼくは逃げも隠れもしませんよ。とりあえずオルトを返してもらいましょう。」

紫式部は言った。

「この子にはもう名前をつけたよ。八瀬じゃ」

「女真の名で呼んでください。ぼくたちは日の本の民ではない」

紫式部は衛兵に手を振った。衛兵は背を押して少年をパラギの方へ送った。

「この子はただ大江山で生まれ、そのまま日の本にいるだけでしょう。ただの子供です。困難な運命を強いるのはよしなさい」

紫式部が言うと、パラギは少年を受け取りつつ答えた。

「オルトを産んだ母親は二度と大江山に戻ってくることはありませんでしたよ。生まれなかったことにされたのです」

「鬼の一族が里から女をさらい、種族を増やすだけのために山に閉じ込めていたからでしょう」

「父親たちを酒に酔わせて容赦なく皆殺しにしたのはあなた方だ」

パラギはゆっくりと刀を抜いた。

しかし、紫式部はそこに殺意がないことを見抜いていた。パラギは笑って刀を下ろした。

「ここであなたを殺めてもいいことはないようだから、あとの楽しみにしておきます。ただ一つだけ言っておくことにします。女真族がこの国をめちゃくちゃにする以外に、ぼくたちは浮かび上がることはできないのです」

「女真をこの国に手引きし、出世しようとしている、ということですね」

「ぼくたちがあなたたちを異族だと思っている以上に、あなたたちはぼくたちを受け入れるつもりがない。それではまた」

パラギと少年たちは去った。

2

寛仁三年（一〇一九）三月二十八日、時は来れり。

対馬は、古くから日の本と大陸・半島の中継地であり、交易で長く栄えてきた。

四方を深く蒼い海に囲まれ、九州より三十里余り、半島より十里余りと、異国の地の方が近い。天気が良ければ、半島の陸地を望めることもある。全体には山がちで、湊を中心に栄え、漁村が沿岸部に点在している。

対馬国の国司として派されている対馬守遠晴は、蒼き海を見て愕然とした。

海上に多数の船。数十隻はあろうか。遠目にも明らかに武装した集団を運ぶ軍船であった。

「なんだあれは」

思わず近くの者に問うた。

「わかりません。異国の集団です」

確かに船は日の本のものではない。

それらの船々は浜に停泊、武装集団が次々と上陸を開始する。

わずか数刻後。対馬の南東二十里ほど、壱岐島にて。

壱岐守である藤原理忠もまた驚愕の声をあげた。

「あれは異国からか」

軍船数十。それぞれが九尋（約十六メートル）はあろうかという巨大さ。側方からは何十もの櫂が飛び出して、まるで百足のように動いていた。

物々しい空気、明らかな害意をまき散らしながら接近してくる。

理忠は叫んでいた。

「戦闘用意！」

対馬、壱岐両島の砂浜にまき散らされる血しぶきと悲鳴、怒号。

女真の復讐が始まったのだ。

*

その前夜。

京の町でも混乱が起こりつつあった。

茨木童子ことパラギは、暗闇の中で走った。

少年たちにささやく。

「鳩が下りた」

時は満ちた、ということだ。

「やれ」

その声を合図に、宮殿に炎が上がった。


一方その時、京某所。

陰陽師安倍吉平は、手下である式神から報告を受けた。

「内裏の北より武装した集団。強盗と火付けを行なっています」

吉平は言った。

「茨木童子の一味よ。ついに動いたか。武士たちに報せよ」

待つほどのこともなく、源頼光が渡辺綱らとともに駆けつける。

「だめだ。もう逃げた後。死体が転がっているだけだ」

翌る朝、関白藤原道長は悲惨な報告を受けていた。

小野宮が火災にて消失し、京の各所でも略奪を働く輩があり、十数名が命を落としたのだという。

長老藤原実資の提案を受けて、検非違使による夜間巡回、警戒の強化をはかった。

それを聞いた紫式部が道長のもとを訪れた。

どうやら異を唱えに来たらしい。

「悪手(あくしゅ)でございましたな。少し内々で対策を」

藤原道長は秘密裏に数名を招いた。

紫式部、陰陽師安倍吉平、源頼光、そして藤原保昌である。

まず紫式部が口を開く。

「茨木童子の動きは、兵法三十六計における『声東撃西(せいとうげきせい)』そのものです。京の町中で大騒ぎを起こし、宮の警備を手薄にしたいのでしょう。狙いは道長さまのお命でしょうかね」

藤原保昌がうなずいた。

「そんなことは承知の上だ。それでも警備を強化せねば、京の町はやつらに好き放題に荒らされてしまう」

「やつらは酒呑童子を手に入れました。道長さまさえ殺めれば、酒呑童子を武力で宮中に送り込み、日の本すべてを支配できると思い込んでいるのです」

紫式部が言いつのると、頼光が少し首をかしげた。

「そうすると、道長さまのみならず、おそれ多くも今の皇妃さまや親王さまをも手にかけ、新たな帝(みかど)を立て、酒呑童子を嫁がせねばならぬ。いかにも遠大な計画だな」

「異族が丸々日の本を手に入れようというのです。それくらいはするでしょう」

「とにかく我々のなすべきは京を守りつつ、道長公もお守りせにゃならんということだ」

頼光の言に、藤原保昌は低くうなった。

「困難だな。京の町は広く、敵はいつ襲ってくるかわからん。されど町は検非違使に任せ、我らは郎党をして道長さまをお守りするしかない」

安倍吉平が即座に言った。

「それも困難かと存じます。内裏は京の町ほどではないものの、我々にとって広すぎます」

「泣き言を申すな」

保昌が吉平をにらみつける。紫式部が言葉を引き取った。

「防ぐのが難しいのは吉平どのの言う通り。茨木童子は若人と言えますが、鬼たちの大半はまだ童。童であれば怪しまれずに平気で入り込むことができます。出入りの小僧や使用人の子もいるため、紛れてしまえば宮中に不自由なく入れます」

「防ぎようはない、ということか」

保昌が低く言うと、さすがの藤原道長も慌てた。

「諦められては困る」

頼光がにたりと笑った。

「道長さまにおかれましては、出家していただくわけにはまいりませぬか」

全員が目を丸くした。

「仏門に入れと言うのか」

道長は渋面で答える。

「形だけです。山中の手ごろな寺の方がはるかに守りやすい。剃髪の者しかおらず、出入りの人間は限られる。その点からも守りやすい」

道長は沈黙していた。頼光がさらに言う。

「夜だけでもよろしいのです。この騒動が収まるまで。伏してお願い申し上げます」

意外にもあっさりと道長はうなずいた。

「そろそろ後進への道を作りたいと思ってはいた。よい機会じゃ」

形式的には、道長はすでに摂政を息子の頼通に譲っていた。しかし、宮中にいる以上、誰もが道長のもとを訪れるので、あまり意味はなかった。

それはなんと言っても今上が、わずか四歳で即位した後一条天皇であるため、やはり長年政を動かし続けた道長の存在は大きかった。どんなに些末な問題であっても道長のもとに人が押し寄せることに嫌気がさしていたのかもしれない。

結局、藤原道長は大和東大寺で受戒した。しかしそれは少し後の話となる。

評定を終えた紫式部は、本来の勤め先である彰子のところに報告に行った。

彰子は最初に務めた「中宮」から今は「国母（こくぼ）」へ地位を変えている。

「紫式部よ。父上は大丈夫ですか」

「万全とは言えませぬが」

紫式部は道長の出家の件を伝えた。

「信頼する武士がしっかりと取り囲んでおります。彰子さまはご心配なさらずに帝のことに専念なさいませ」

「紫式部がいてくれたから父上も安心というもの」

紫式部は首を横に振った。

「わたしの役目は道長公をお守りすることではございませぬ。彰子さま、あなたを守ることです」

しかしその晩、また混乱が宮中を襲った。

「襲芳舎（しゅうほうしゃ）、出火」

3

対馬は混乱の極致（きょくち）にあった。すでに島中で煙が上がっていた。

武器すら持たず支配階級ですらない民の、首や手足が転がり、集落の土は血を吸って赤黒く染まっていた。

対馬は銀を産する。村落を襲って奪えるものをあらかた略奪した女真族は、銀山へ向かった。

数百人から千人という数で山を襲い、坑道周囲から始まって坑道内部に散らばる銀のかけらに至るまで収奪した。途中で島人に会えば容赦なく殺した。老若男女問わず。


壱岐もまた同じ。

壱岐守藤原理忠は高台に人員をそろえていた。

「ここで異族を迎え撃つ」

しかし狭い島のこと、集まった兵は二百弱。まともな武器も全員分そろうほどの数はなかった。

敵はその十倍いる。

「我らだけでは勝ち目がない」

「大宰府へ知らせに行って参ります」

僧侶の常覚（じょうかく）が名乗り出た。

「されど周囲は鬼だらけじゃぞ」

「北の入り江に数人乗れる小舟を隠してあります。潮に乗ればなんとか九州のどこかにはたどり着けましょう」

「よかろう。頼んだぞ」

藤原理忠は僧侶を逃がした後、自らも使い慣れぬ弓を取った。

「戦ぞ」


まだ、対馬、壱岐を襲った危機を知らぬ大宰府では——。


藤原隆家は叫んでいた。

「一体何なんだ、おまえらは。女二人がそろって」

小式部内侍は深く頭を下げた。

「偶々(たまたま)にございます。こちらに向かう船に乗り合わせまして」

清少納言は大きな口を開けて笑っている。

「これもよかろうもの。うら若い乙女一人じゃ寂しかろうて。わしも一緒なら華やぐだろう」

「枯れ枝のような老婆が、華やぐものか。九州に何の用だ」

「だからさっきも言ったであろう。酒呑童子は女真族によって奪い返された。やつらは間違いなく日の本を襲撃してくる。備えはあるか」

隆家は冷静だった。

「備えが要るのは京だろう。とっくに道長公には文を書いて伝えてある。辺鄙な太宰府を襲ったところでたいした意味はないわ」

　小式部内侍が言った。

「わたしはそう思いません」

「理由は」

「わたしの勘です」

「何だそれは。話にもならぬ」

　なおも小式部内侍は言いつのる。

「京は海に臨せず、内地です。やつらは沿岸の港を占領し、拠としなければなりません」

「されどここは九州。京から離れすぎだ」

　清少納言が手を振った。

「まぁ今はよかろう。それより隆家どのはもし京に何かあっても、そのまま捨て置くつもりか」

「辺境で、どうせよというのだ」

「わたしが言いたいのは、京が女真族のものと化しても、手をこまねいているつもりかということである」

「そんなことはありえぬ」

「それはどうかな。なんと言っても、酒吞童子は藤原一族の血を引いている」

「何が言いたい」

「貴族の中にも道長公に不満を持つ者が多くいる。別の世を望む声は意外にも大きい。そういうことだ」

隆家は一度絶句した。

気を取り直したように、小式部内侍に言った。

「護衛はつける。太宰府の地を好きに散策するがよい」

「ありがとうございます」

隆家は小式部内侍を促し、退出させた。

隆家は清少納言に向き直り、低く言った。

「先ほどの話をもう少しせねばならぬな。京の地が女真族に好きにされてもいいのか、だと？」

清少納言は大声を張りあげる。


せめて恐ろしきもの、夜鳴る雷。近き隣に盗人の入りたる。

わが住む所に来たるは、ものもおぼえねば何とも知らず。

近き火、また恐ろし

「やめろ。その年になって柄でもない」

「都が火に包まれるのは困る。言いたいことは、道長公に取り入ることができなかった貴族たちはすでに不満を募らせておる。伊周さまがおられた頃と違って、対抗する者はいない。自分たちの出世の目はなくなった。だが、それをひっくり返せる大事件でも起きれば、都は一斉に色めき立とうというもの」

「そううまくいくはずもなかろう」

清少納言は人差し指を立てた。

「一つ。道長公が消されること。もう一つ、酒呑童子をうまく利用できることに貴族たちも女真族も気がついてしまうこと」

「それで貴族たちは女真族に加担するというのか」

「おぬしはどうする？　シュテンは伊周公の娘。自らの兄上と血のつながった子をどうにかできるか」

「それは俺の決めるところではないわ。本当に日の本に戻ってくるかどうかもわからぬのに」

「高麗人によれば大陸の運気は変わっておらぬぞえ。女真は拠地として日の本の土が必要じゃ」

「十年前殲滅させられたのに、また来るものか」

「間違いなく来る。でなくば、わざわざ千山国を襲ってまで酒呑童子を奪い返す理由がないわ」

隆家は沈黙した。

＊

翌日、小式部内侍は護衛の平致頼とともに博多の浜を歩いていた。

「波が、とても荒いのですね」

小式部内侍が言うと、いつも無口な武士は砂を踏みしめた。

雲の薄い青空の下、波が大きく強く押し寄せては引いていく。

「この海は陸に挟まれた内海のようなもの。潮の流れが逃げる広さがないのです。晴れた日には海の向こうの半島まで見えると言う者もいます」

「異国が見えるのですか。ここは日の本の端なのですね」

「それも間違いではございませぬ。実際二十年ばかり前にも海賊がここに攻め込んでいます。以来用心を怠らず、土塁をかさ上げし、日々鍛錬に努めています」

確かに一丈(約一・八メートル)ほどの高さで堤のようなものが築かれ、海に沿って長く続いていた。

「それは……恐ろしいことですね」

小式部内侍はまた静かに海を見た。

濃い蒼の中に白く砕ける波濤。そのはざまに黒い点が見えた。

それはまるで、虫か何かが水面を漂っているかのように見えたが、次第にその大きさを増してきた。その数もまた刻々と増えていく。

小式部内侍は叫んだ。

「あれは!」

それは船。無数の船。

平致頼は見晴らしを得ようと土塁にのぼり、手庇しをして、目を細める。

「まさか」

櫂が突き出した大型の船。軍船である。博多湾に続々と近づいてくる。

武装した女真兵を乗せて。

「敵襲――――っ」

平致頼は叫んだ。

第十五段　清少納言、関の歌を詠む

1

対馬の銀山を襲い奪った女真族は、殺戮をはじめた。

男はことごとく殺し、女はそのまま船に奪い去った。

対馬守遠晴は、乗せられる限りの民を乗せ、九州へ船を出した。

洋上で対馬守は呟いた。

「まさかこんなことに」

一方の壱岐守藤原理忠は最後まで抗戦することに決めた。

壱岐は峻険な山岳が中央に突き出した島で、集落をつなぐ道は狭い。尾根を拠点にし、一度の戦闘で当たる敵の数を極力減らし、集団で襲ってくる女真族を個別に撃破することでしのぐ作戦に出た。

なんとか山岳をのぼってくる敵を三度まで撃退した。しかし、敵は十倍。多勢に無勢だった。

ついに藤原理忠をはじめとした島民は残らず惨殺された。

博多湾に停泊した女真族船団は、百を数えるまでになった。

兵を上陸させ、沿岸の集落を襲っている。

船上で、シュテンは叫んでいた。

「殺せ。殺せ。全員殺せ。日本など人間がいない島にしてしまえ」

隣にいるのは女真族前王アダクの息子、バクト。シュテンの叔父にあたる。

「王女よ。船上は揺れる。ここはわれらにお任せあれ。一度休まれてはいかがですか」

「何を言うか。この島のやつらはわたしの母を殺し、わたしを十年も小さき島に閉じ込めた。全員焼き払い、皆殺しにせよ。この島のやつらは一人も残すな」

「だからわれらにお任せください」

「わかった。だがおまえの言うように船は揺れる。陸に上がらせよ」

「拠地を手に入れればすぐに」

バクトは冷たい目でシュテンを見つめる。思っていた以上に面倒な女だと思っていた。

姉であるリルは、自分も王女であったがゆえに育て方を間違えたようだ。

いかに父王アダクの血を引いているとはいえ、こんな小娘を大陸で王族に加えても厄介なだけだ。まして、半分は異族である。

やはりパラギの言うように、首都を占領したらすぐ「天皇」に形式的に嫁いだことにさせ、日本を支配する道具にするのが最善だろう。

とりあえずそれまでは生かしておくが。


ついに来た。自らの予期した通りに。

小式部内侍は次々に上陸する女真兵たちを見て、身体が動かなくなっていた。

大江山に連れ去られていた十年前。その記憶が一気に蘇(よみがえ)る。思い出したくなかった。

けれどもう思い出してしまった。

悪夢の中心にはいつも。

白い。女の子。

あそこだ。

無意識に眼が探り当てている。どんなに遠くとも。

思わず叫んでいた。

「シュテン――――」

シュテンは船底へ下がろうとしていた。

その時耳の奥。懐かしい声を聞いた気がした。

――シュテン。自らの名を呼ぶ声。

あいつの声だ。

振り返り、思わずまた船上を走る。船の端まで。

「王女、何を」

バクトが慌てて追いついた。

「あいつだ。小式部内侍。浜にいる」

闇雲に博多湾を指した。

「捕らえよ。捕らえてわれのもとに連れて来い」

「誰ですか、王女」

「小式部内侍という。若い女だ」

バクトはにたりと笑う。

「若い女ですか。はい」

どうせ若い女は全員いただくつもりだったのだ。

絶叫する小式部内侍の肩を、平致頼が押さえた。

「何をしているのですか」

小式部内侍は我に返った。自分は何をしていたんだろう。

なぜあいつの名前を呼んでしまったのだろう。

思い出したくもない悪夢を、どうして呼び寄せようとしていたんだろう。

平致頼が言葉を重ねる。

「ここは危ない。逃げますよ。早く」

いやも応もない。それでも小式部内侍は振り返った。

「あそこに、あの遠くの船にシュテンが」

「知っています」

平致頼は短く答えた。

シュテンこそが日本に襲来する理由だ。


博多の浜を発った早馬は、すぐに藤原隆家と清少納言のいる太宰府に届いた。

異変を聞いた隆家は、声を荒らげる。

「すぐに行く。武士たちを集め、反撃させよ」

隆家は立ち上がる。清少納言は後ろに続いた。

「わたしも連れて行った方がよいぞ」

「何を言うか、年取った女など完全に邪魔だ」

「しかし敵は異族ぞ。何度も言うが捕虜をとった時に話せる者がいた方がいいだろう」

「ここは太宰府だ。高麗語が話せる者はいくらでもいるわ」

「敵は高麗ではない。わかっておろうが」

隆家は舌打ちした。

「わかった。しかし何もしてやらん。死んでも知らんぞ」


博多湾は凄惨な状況に陥っていた。

あちこちの集落からは煙が上がり、人々の悲鳴が聞こえる。死体が無数に転がっている。若い女は肩に担がれて女真族の船へと投げ入れられていた。

博多湾に到着した隆家は、呆然と湾内を見渡した。

駆け寄ってきた平致頼に問いかける。

「敵襲はどこまで？」

「筑前博多、全範囲、広域」

「反撃せよ」

隆家は自らも弓を取り、敵集団に向けて矢を放った。鏑矢は音高く敵に吸い込まれる。

矢傷を負ったか死んだのは一人。だが、敵の足を止める威嚇にはなった。

平致頼が叫んだ。

「やつら、村人を盾にしております」

太宰府は中大兄皇子による大作事で防御壁ができあがっている。女真族には防壁代わりに捕らえた村人を立たせて進ませ、その陰から攻撃してきている。

盾となった民を見て、隆家は眼を閉じた。

「敵は数千。今、我々はあまりにも少数。苦しいがやむを得ぬ。民もろとも射貫け」

平致頼もまた唇をかんで、命令を各所に伝えた。

その時、遅れて小式部内侍が走ってきた。

「無事だったか」

「はい。でもこんな」

悲惨な状況に小式部内侍は涙ぐんでいる。隆家は首を横に振った。

「そなたの考えが当たった。軽く見て笑い飛ばしたのはわたしの責」

清少納言は荒い息で歩み寄り、聞いてきた。

「で、そなたのもう一つの勘も当たったのか」

「はい。間違いなく」

「シュテンがいます」

小式部内侍が言うと、隆家は停泊する船々を見渡す。

「確かか」

「はい。小さくて見えないでしょうけれど、もっとも奥の、大きな船にいます。わたしにはわかります」

バクトは報告を受けていた。

「島人は、盾にかまわず射てきます」

盾となった民の犠牲もかえりみないほど、相手も必死なのだろう。

「遼と戦った時も人質なぞに効果はなかった。柔(やわ)い盾ではあるが、こちらの被害を少なくするために使えるものはどんどん使え」

「は」

「待て」

返事をして下がる配下の者を呼びとめる。

シュテンに若い女を捕らえるよう命じられたことを思い出した。名前は忘れたが若い女を一人所望されたのだった。そいつが流れ矢に当たって死体になっていたりしたら、後で騒がれる。うっとうしいことこの上ない。

「とりあえずいったんは引け」

その時だった。

大音声(だいおんじょう)が響き渡った。

「異族のものよ、聞け」

甲高く、しわがれた、女の声である。

その声は博多の浜で弓矢を射合う武士と異族に響き渡った。

しかし、日の本の武士たちには何を言っているかわからなかった。大陸の言葉だった。

「おまえらのほしい娘はこちらが預かっている。おまえらには渡さない。ただおまえらは、無駄に屍を浜にさらすのみ」

バクトはその声を船上で聞いた。

「大陸の言葉を話すぞ。あれは誰だ」

問われた副官は苦い顔で応えた。

「わかりません。しかしあれは女です。若い女ではありません。相当年を取っています」

大音声はなおも続く。

「こちらの要求するところは一つ。奥の船にいるシュテンをこちらに渡せ。そして、そのまま日の本から立ち去れ。さすればこの狼藉はなかったことにしてやろう」

バクトが声を荒らげる。

「あの婆を矢でぶち殺せ」

「無理です。遠く、しかも武士たちに盾で守られています」

「本当になんなんだ、あいつは」

清少納言は喉がつぶれるほど声を張りあげる。

「繰り返す。死にたくなくばシュテンを置いて立ち去れ」

2

この日、夕刻になって女真族はいったん船に撤退した。

もちろん侵略を諦めていないのは明らかだった。

湾岸ににらみをきかすため、異族たちは湾内にある能古島(のこのしま)を占領した。そこに船を寄せ、いつでも九州湾内に出撃できる態勢を整えたのだった。

藤原隆家は能古島の正面、土塁の上に警固所(けいごしょ)を設置し、迎撃態勢を整えることとした。

清少納言は小式部内侍を連れて居座った。

その姿を見かけた隆家は、思わず怒鳴った。

「ここは戦場(いくさば)ぞ！　女子供は出ていけ」

清少納言は平然と言った。

「作戦じゃ」

「何を言うか」

「異族の狙いは、この娘。小式部内侍がここにいるとわかれば、異族は全力でここを攻めてくる。他の場所が広く襲われることはない。寡兵の我らにとってもっとも厄介なのは、敵があちこち襲いまくることであろうが」

「それはそうだが」

「それに、この娘は屈強な武士どもに囲まれてここにいた方がよい。他の場所に移すことで、二手に兵力を分けられても面倒であろう」

　隆家は言い負かされて黙った。今、口論で清少納言に勝てる者などこの世にはいないように思える。それでなくても、清少納言の呼びかけにより敵の攻撃がやんだことで、大いに助かってしまっているのだ。

「清少納言さま」

　小式部内侍が聞いた。

「何だ」

「あなたほどの方が、なぜここまでわたしに関わってくださるのですか。清少納言さまは本来は博多などにいなくても、京でのんびりと暮らしていけるはずです」

「ここまで来た理由があるのだ」

　清少納言はため息を吐くように言った。

「異族の襲来を招いたのはわが兄じゃ」

　清少納言の兄、清原致信のことだった。

藤原保昌に仕えていた清原致信は、関白藤原道長の世を嫌い、藤原伊周に何としても覇権を握ってほしかった。

十年前の大江山の時は活躍できなかった清原致信は、それでも伊周が復権するように暗躍しようとした。しかし肝心の伊周は野心潰え、そのまま消えるように死んでしまった。

しばらく清原致信はなりを潜めていたが、ある日気づいた。

――大陸から女真族を呼び込み、京を大混乱に陥れ、道長公を消してしまえ。

清原致信は大陸に手紙を書く。届いてから帰ってくるまでに年を越してしまうがそれくらいは覚悟していた。その間にシュテンは成長する。

清原致信はシュテンが伊周の娘であり、国外追放されたが健在であることも知っていた。なんとかシュテンとの間でも文を交わした。教養ある清原致信は、高麗語も漢語も使えたのだ。

文を通じて、清原致信はシュテンの一番の望みが、幼なじみの小式部内侍であることを知った。

同時に、清原致信は京の周辺に散らばる大江山の遺児たちとも意思を通じていた。

――シュテンは藤原の一族。ゆえに天皇の后になる資格がある。シュテンを天皇に嫁がせ、男児を産めば日の本の実権を握ることができる。

大陸の言葉を使えることで、この理屈を女真族たちに伝えることができたのだ。

清少納言は小式部内侍に言った。

「大江山のつらさにすべてを忘れたそなたに、なんとか酒呑童子を思い出すように仕掛けたのもわが兄じゃ」

「それじゃシュテンからの手紙を書いたのも、実際は」

清少納言はうなずいた。

「もともとはそなたを于山国に連れ出すのも兄の役目だったのだろう。わけのわからぬ鬼の子供が現われるより、曲がりなりにも日本の官吏が言葉をかけた方がうまくいくだろうと」

しかし、その派手すぎる挙動はついに源頼光らに知られることになり、清原致信は殺された。

「それを前もって知らせてくれた紫式部には感謝しておる。それまで全く何も知らずただ老いさらばえるだけの身だったのでな。兄が死ぬのは当然の報い。だが、謀（はかりごと）に何もできなかったでは清少納言の名が汚れる。わたしは少しでもやれることをやろうぞ」

隆家が言った。

「それはもう過ぎたこと。ついにやつらは攻め込んできている。数千人だ。対するに我らは防護する石垣や壁はあるものの、博多の武士をすべて集めてもせいぜい戦闘経験のあるものは数百。十倍だぞ。まずいぞ」

清少納言が何か言おうとした時、外で声がした。

平致頼が駆け込んできた。

「女真族が一人、武器なしで警固所に現われています。何か言っておりますが、言葉のわかるものがおらず」

清少納言が立ち上がった。

「使者か。わたしが通訳しよう」

両腕を拘束されて刀を突きつけられた男が、隆家たちの前に引っ立てられてきた。

清少納言が言った。

「まず名を聞こうか」

「やはり大陸の言葉を話せる女がいるのか」

「聞いたことに先に応えた方がよい。話が進まぬ」

「われはオブ。指揮を執(と)るバクトから使わされた使者」

「総大将はバクトというのだな」

「英雄アダクの血を引く、誉(ほま)れある将である。軽々しく名を口にするな」

「我らにとってはどうでもよいわ。何を言いにここに来た」

「よかろう。お互い欲しいものはもう分かっておろう。シュテンのほしがる小娘を渡せ。さすれば黙ってここから立ち去ってやろう」

清少納言は沈黙した。

隆家には清少納言の口元がかすかに笑ったように見えた。

オブと言う者が続けた。

「このまま戦いが長引けば、お互いにとって得にならぬ。我らは情けなどかけぬぞ。武人と民の区別などつかんからな。そして見たところ我々の方が数は多い。この程度の浜などすぐに燃やし尽くすだろう。どうだ、このまま娘を連れ帰れば、今夜のうちにも我らは消え去るが」

オブは隆家が大将とわかったようだ。隆家に向き直って話す。

「我らは最大限の恩情をかけておる。受け入れてほしい」

その時。乾いた笑い声。

清少納言が口を開けて笑っている。

全員が唖然(あぜん)として彼女を見る。

清少納言は一度口を閉じると、オブに向かって朗々と詠(うた)った。

夜をこめて鳥の空音(そらね)は謀るとも

よに会ふさかの関は許さじ

もちろんオブには和歌などは呪文のごときものだが、それは隆家たちも同じだった。絶句するしかない。

清少納言は嘲るように言う。

「笑うしかなかろう。おまえらは退がるつもりなどない。ただわたしらにこう言えばいいと、誰かに言われただけであろう」

オブは叫んだ。

「何を言うか、我らがバクトさまの温情を無にしようというのか」

「何のためにシュテンがここに来ているのか。九州を拠にして京に上り、そのまま日の本を支配するためであろう。そのために海を渡った船団が、たかが娘一人ですんなり引き下がるはずはないわ。博多を去ったとして、もっと東に移り襲うだけのこと。愚かなり」

「後悔するな。おまえら皆殺しになるぞ」

「ふと心劣りとかするものは男も女も、言葉の文字いやしう使ひたるこそ、よろづのことよりまさりてわろけれ」

清少納言は隆家に言った。

「話は聞いたな」

隆家はうなずいた。

「使者は帰す必要はない。あやつらのことをよく聞き出せる」

オブは慌てた。

「なに⁉　おれが帰らないと総攻撃がかかるぞ」

「もうよいわ。連れて行け。異族どものことを全部吐ききるまで殺すな」

3

翌朝は未明から女真族が攻勢をかけてきた。

能古島から大量の舟で乗り付け、矢を射かけてくる。

隆家は叫んだ。

「射て、射ち返せ」

平致頼が報告する。

「このままでは矢が足りませぬ」

悲痛に響く。

「敵の射ってくる矢を回収し、こちらに回せ。敵の方が矢数も多かろう」

「すでに行なっております。されど、こちらの矢は人の盾に吸い込まれ、戻ってきませぬ」

女真族は村人を捕縛、そのまま両腕をつなぎ止め、盾にして迫ってくる。

浜辺には悲鳴があふれ、血が吸い込まれる。その上に内臓がばらまかれる。

ついには矢が尽きた。女真族は村人たちの死体を放り投げ、大挙して押し寄せる。

浜が異族たちによって埋め尽くされる。

「敵、多数」

平致頼が叫ぶ。

「刀と槍で戦うしかあるまい。天智天皇の塁を信じるのだ」

清少納言と小式部内侍は警固所にいた。

「騒がしいの」

「そこまで女真兵が近づいていています」

小式部内侍は慌てている。清少納言はあくまで静かだった。

「何だ、押されておるのか。隆家どのも情けないの」

「そんな悠長なことを」

警固所の中にまで合戦の悲鳴、怒号が響いてくる。

小式部は外を見た。

「そこまで来ている。しかもすごく多いです」

　清少納言は目を向けもしない。

「ここまで来られたら、それは隆家どのの力が足りなかったというだけのこと。騒いでも無駄よ」

　小式部内侍は気が気ではなかった。博多の武士たちも土塁を頼って奮戦しているが、敵の数が数だ。犠牲をいとわずに前進してくる。

　大江山の鬼たちは怖かった。そして強かった。今それをひしひしと思い出す。


　隆家のもとに、平致頼がまた駆け寄ってきた。

「第一線、壊滅」

　隆家は腕を振り上げた。

「第二線まで退(ひ)け」

「しかし。そこはもうほとんど警固所にございます」

「それはわかるわ」

「警固所を抜かれれば、もう後はありませぬ。博多どころか、九州すべてがやつらの手に」

「それもわかっておるわ」

隆家はさらに手を振って武士たちを戻した。

「多勢に無勢。どうにもならん時はどうにもならぬのだ」

小式部内侍は叫んでいる。

「負けています。どんどん退却してる」

「そんなもの見るでない。それより顔を出すのは危ないぞ。下がっておれ」

「でも」

その瞬間、空気を裂く音。

飛来した矢が警固所の壁につき立った。

悲鳴を上げて小式部内侍は転がった。清少納言は低く床に伏せた。

「だから言ったではないか。身を潜めておれ」

「も、もう敵がすぐそばに」

隆家が走り込んできた。

「ここは危ない。避難せよ」

清少納言が軽く起き上がる。

「武芸に秀でた藤原隆家さまともあろう者が情けないことを言うでない。逃げずに守ってみせろ」

「本当にすぐそばに来ておるのだ。見てわからぬか」

「わかるから言うておるのじゃ。なんとしても戦え。わしらは逃げぬぞ」

これには小式部内侍も唖然として何も言えない。隆家はもはや説得を諦めた。

「勝手にしろ。死んでも知らぬぞ」

すでに浜辺は異族で埋め尽くされている。それに対し日の本の武士たちは数が足りていない。次々に押し寄せてくる新手に押され退却に退却を重ねていた。

隆家は長槍を持って飛び出していった。烈しく打ち合う音と悲鳴。

小式部内侍が叫んだ。

「本当に逃げないんですか」

「ここまで敵が来たら逃げても無駄ぞ。かえって目を引きすぐに捕まるか、矢の的にされる」

「こんなところに来るんじゃなかった」

泣きそうだ。いや、泣いている。

衝撃。警固所が揺れた。敵が戸に体当たりする音。壁が振動する。

ひっ。小式部内侍は呼吸を止めた。

次の瞬間、女真兵が一人、血まみれで転がり込んできた。片手には斧。

わめき声は相手かこちらか。小式部内侍は悲鳴を上げて壁に背中をつけた。異族は満身る。

その刹那、背後から追いかけてきた隆家の槍が、女真兵の胴を貫いた。血がほとばし
創痍ながら斧を振り上げる。

隆家が怒号をあげる。

「危ないから逃げておけと言ったろう」

小式部内侍はもう心が抜けたのか、あらぬところを見て返事もしない。しかし、清少納
言は平然としていた。

「そなたともあろうものがこれほど手間を取るとは真に情けない。こんな異族程度、ちゃ
っちゃと片付けい」

「気楽に言うな。気楽に。どれだけの数だと思っているんだ」

「ここは日の本であろう。我らの国であろう」

「それがどうした」

「それだけのこと。やつらはただの外敵。我らが負けるはずはなかろう」

隆家は怒りを込めて異族の死体を蹴った。

「わかっておるわ。それくらい」

「我らもわかっておるわ。だからここにおるのだ」

小式部内侍がようやく我に返った。

「何の話をしているのですか」

隆家はそれには答えなかった。清少納言に聞く。

「いつからわかっていたのだ」

「最初から」

隆家はため息をついた。

「やはりか」

「わたしを誰と心得る。清少納言だぞ」

隆家は去った。小式部内侍がわめいた。

「だから何の話ですか」

「まあ見ておれ」

清少納言は笑う。そして詠った。

たよりある風もや吹くと松島(まつしま)に
寄せて久しき海人(あま)のはし舟

第十六段　紫式部、夜半の月を詠う

1

小式部内侍はまた恐る恐る外を見た。

やはり異族に埋め尽くされている。日の本の武士に比べて鎧は薄く軽そうだが、獰猛な顔つきは恐ろしいとこの上ない。それが一千人を超えて博多の浜にどんどん攻め寄せている。

一つの舟が数十の兵を乗せ浜辺に寄せる。百足の足のごとき櫂を持つ巨大な船が無数に湾内にある。

日の本の武士は警固所まで退却し、そこを拠点に死守の態勢だ。浜辺は双方の死骸が転がっている。頼みにしていた太宰府の石垣も抜かれた。

絶望。こんな状況で清少納言は何を言っているのだろう。

また敵の波が来る。

異族が集団になってどっと押し寄せる。武士は槍で応戦するが、すでに敵の血で切れ味は落ちている。もう一押しで警固所もおしまいだ。

その時何かが視界に入った。

それは海の向こうの影のような感覚だった。けれど、みるみるうちに大きくなる。

船団だった。

女真族のものではない。もっと小ぶりで小回りのきく船たち。

日の本の船だ。

兵を上陸させ、手薄になった女真族の船に襲いかかる。

火矢が飛んだ。異族の巨大な船に突き刺さり、煙を上げる。

密集した女真族の船団はたちまち炎に包まれた。

博多の浜のどこでも炎の熱は届いた。帰る船を失った女真族は慌てた。船に戻り火を消そうとする女真兵に、新手の武士たちが船上から矢を射かけた。


隆家は言った。

「間に合ったか」

大蔵種材（おおくらのたねき）、藤原致孝（ふじわらのむねたか）、平為賢（たいらのためかた）らの船と兵だった。

普段は博多の交易に従事する武士たちだった。交易とは、この時代海賊同士の奪い合いにも発展する。

　隆家は、この武士とは名ばかりの海賊たちに加勢を頼んでいた。

　清少納言もそれを見ていた。

「赤壁の戦いだな」

　曹操率いる八十万の大軍が打ち破られた戦い。魏の船は火攻めで焼かれ、退路を失ったのだ。

　小式部内侍が叫んだ。

「方向を変えてこっちに突っ込んできます」

　船を焼かれた女真族は、一気に陸地の征服へと矛を向けた。弓を捨て曲刀に持ち替え、突撃してくる。凄まじい鬨の声。

　小式部内侍は悲鳴を上げて縮こまった。

「ここはもう終わりです」

　清少納言はあたりを見た。

「じゃわたしも戦うか。どこかに槍でもないかの」

「いっぺんに死にます」

「もう逃げようはないわ。最後まで見届けろ」

「そんな」

全然清少納言は慌てていない。

それが不思議で、小式部内侍はもう一度外を見た。

太宰府の塁を境に、よじ登ろうとする異族と槍で突き落とす日の本の武士が、互いに血まみれになっている。後ろから押される女真族たちは左右に広がっていく。

そこにまた、新たな武士たちが現われた。

隘路（あいろ）の陰や木の陰、草原の草場の間から、広がりつつある女真族たちを刈りはじめた。と同時に天高く放たれる鏑矢。甲高い音を発して異族たちの注意を引き、そのまま敵陣に吸い込まれる。

「また加勢が」

小式部内侍が叫んだ。


隆家は返り血ですっかり赤黒く染まった顔を、手の甲を拭った。

「よし」

藤原明範（ふじわらのあきのり）、大蔵光弘（おおくらのみつひろ）、藤原友近（ふじわらのともちか）、藤原助高（ふじわらのすけたか）。

九州の豪族たちである。いかに大規模な異族の侵攻とはいえ、土豪の武士が領地を荒らされて黙っているはずはないのだった。

それこそ真っ先に出陣すると言ったが、藤原隆家は押しとどめたのだ。

「あえて浜辺を取らせ、敵の船を焼き、逃げ道を塞いだところで壊滅すべし」

これが隆家が大宰権帥（だざいのごんのそち）として立てた作戦だった。


形勢は一気に逆転する。

左右に広がったところを両側面から斬り込まれた、女真族たちは浮き足立つ。そして混乱をすぐには収められなかった。

なんとか、中央で守りを固めようとするが遮（さえぎ）るもののない浜。密集した陣に、新手の武士たちから矢を射かけられ、なすすべもなく地に伏していく。

たちまち総崩れになり、一斉に退却をはじめた。

まだ無事な船に武器を捨てて乗り込んで、沖へとこぎ出す。逃げていく船には火矢はなかなか当たらない。

女真族たちは能古島へと消えていった。


一部始終を呆然と見ていた小式部内侍は振り返った。

「知っていたのですか、清少納言さまは」

「いや。でも感じておった。敵の数に対して、こちらの数が少なすぎる。ここは太宰府の地であるからの、敵と同数くらいは兵がいるはず」

隆家が戻ってきた。

「どうやら無事のようだな」

清少納言は言った。

「我らは問題ない。しかし民は相当やられたな」

「苦しいところだがやむを得まい。やつらは一人一人が百戦錬磨。対する我らは数だけは何とか同数だが、島国で温和に暮らしてきた。敵を油断させ不意を突かねば、撃退は困難であったろう」

小式部内侍が言った。

「やつらはまだ島にいます。また来るでしょうか」

2

東の間の喜びに浸る博多とは反対に、京では混乱が進んでいる。

パラギは仲間たちと共に宮中に忍び込んだ。

「おまえは見張りだ。そして合図をしたら火を放て」

パラギは命じた。

そして、自分一人だけで屋根裏を伝い、寝所(しんじょ)に滑り込む。

女が寝ている。パラギは短刀を抜いて忍び寄る。

目を閉じたまま女は言った。

「来ると思っていました」

パラギは動きをとめた。

「その声は」

「わたしです」

女は起き上がる。

紫式部だった。

パラギが口を開く前に、紫式部がかぶせた。

「わかっていました。あなたたちが国母たる彰子さまを狙うだろうことは。一番の標的である関白さまは厳重な寺に匿（かくま）われ、手出しできなくなってしまいましたからね。それにひきかえ、宮中には忍び込む隙はまだある。彰子さまを先に始末しようと考えるくらいはお見通しです。いずれ皇子も手にかけるつもりだったのでしょう。国母さまは今安全な場にいます。あきらめなさい」

「きさま！」

「わたしを殺すのですか。全く意味はありませぬよ。ただの女御ですから。身代わりが死んだというだけのこと。代わりはいくらでもいる」

「と言うか、おまえを痛めつけて皇后の居場所を吐かせる」

　闇から声がした。

「急急如律令」

　ぱっと何者かが跳ね回る音。屋根の上、そして天井裏。

　闇から出てきたのは、陰陽師安倍吉平。

「あなたたちの仲間は宮中の屋根から忍び込んできた。ずっと見張りはいたのです。あまりにも易々と侵入できたことにこそ不思議を感じなかったのですか」

　顔を隠した陰陽師はなおも言葉を連ねる。

「私どもとしましても、やられっぱなしになるつもりはないですからね。とりあえず宮中に火付けなどもうできませぬ。あなたのお仲間は始末させていただきました。屋根上へ逃げる手ももうないですね」

　ここにいたってパラギの顔に動揺が走った。刀を構え叫ぶ。

「ぼくが一刻のうちに戻って来なければ、仲間が京の町に火付けするぞ。民の命を引き換えにするのか」

　戸が開いた。

「それはこいつのことか」

　重い音とともに、何かが投げ込まれた。

八瀬童子と名前がつけられた童。死んでいる。

源頼光が入ってきた。

「何のために夜に京の町を巡回していたと思うんだ。こういう手合いが跋扈(ばっこ)するのを防ぐためだろう。怪しげにうろついていたのですぐ目についたわ。こんな童を手にかけるつもりはなかったが、抵抗したゆえ面倒くさくなって斬った」

源頼光はゆっくり刀を抜いた。

「この餓鬼(がき)と違って、おまえさんの方は文句なしの大人だ。それに彰子さまを手にかけようとする鬼でもあるし、手加減はせぬぞ」

パラギはじりじりと一歩下がった。

「おまえらにはわからない。こんな小さな島だけに住んで、海の向こうの大きな世界がどれだけ広いか。大陸が本気を出せばこの島、すぐになくなる」

紫式部が言った。

「あなたはその大陸をよく知りもしないはず。かたや、日の本がどんなに豊かで恵まれた国か、気づこうともしない」

「われらは女真族だ」

「自分でそう言っているだけ。この国で生まれて育った以上、あなたたちはただの盗人(ぬすっと)で人殺しです」

「何とでも言え。この島を女真族が支配すれば、ぼくらは女真族になれるんだ」

安倍吉平が静かに言った。

「我らが見張っている限り、そんなことはさせぬ。万歩ゆずって女真の世になったとしても、使い走りとして真っ先に始末されるであろうな」

次の瞬間、パラギは紫式部に飛びつき、首に短刀を当てた。

「みなさん、ぼくを逃がしてください。この女の命はないですよ」

紫式部はよろめきつつ言う。

「わたしに価値はない。そう言ったばかりです。かまいません。わたしごとこいつを斬りなさい」

「ご謙遜を。あなたが紫式部なのは知っています。天皇の信頼が厚いことも。でなければ身代わりになんかなれなかったでしょう。価値は十分にある。少し付き合っていただきましょう」

パラギは紫式部を引きずった。そして叫んだ。

「戸を開けよ」

紫式部は言った。

「ここから逃げても無駄ですよ。あなたにはもう仲間はいない」

「あなたはもう黙っていてください。大陸からもう仲間が来ているんだ」

「それはあなたとは関係のない、ただの異族」

「黙っていろと言いませんでしたか。ぼくは女真だ」

「その愚かな言葉は何回も聞きました」

「もういい。黙れ」

パラギは刃物を紫式部に押しつけた。うっすらと肌に血がにじむ。

源頼光はいやな顔をした。

「くそ面倒くせえな。まあ、おまえ一人、もうどうと言うことはない。とっとと行け」

頼光は戸を開けさせた。月の光に中庭が見える。

パラギは紫式部を引きずるように進む。紫式部に言った。

「ぼくが逃げられたら解放します。それでご容赦ください」

パラギは中庭に出た。

その時、笛の音が響いた。

悲しい響きに、パラギは一瞬動きを止めてあたりを見た。

瞬間、風を切る音とともに矢が飛来する。

パラギは肩を貫かれた。短刀がその手から零(こぼ)れ落ちる。

笛の音の主がゆっくりと現われた。藤原保昌である。

屋内からは源頼光が躍り出た。

「紫式部、どけっ」

紫式部はとっさに中庭に伏せる。頼光の刀がパラギを薙ぐ。降りかかる血しぶき。

パラギは紫式部の隣に倒れ込んだ。

源頼光は刀の血を拭いながら言った。

「手間をかけさせやがって」

パラギが血を吐きながら口を動かしている。紫式部が顔を寄せた。

「何かまだ言いたいことがあるのですか」

「教えてくれ。紫式部。ぼくは、どう、生きればよかった。生まれた時から、この国に、仲間に、入れて、もらえなかった」

「ただ生きればよかったのです。畑でとれたものを食べ、捕れた魚を焼いて食べて生きてさえいれば、それだけでこの国の民になれたのに」

「それで、それだけで、受け入れてもらえた？」

「そうですよ。あなたも日の本の民なのだから、わかるでしょう。わたしたちには『もののあはれ』があります」

――そうか。

何かを言いかけたままパラギは目を閉じた。

安倍吉平が地に下りた。

「まだ残党がいます」

藤原保昌は首を横に振った。

「しばらくは見張るが、せいぜい夜盗に成り下がるだけ。それより紫式部よ。手傷を負ったのか」

パラギに短刀を押しつけられたところから、血が流れている。

「たいした傷ではありませぬ。大江山からの子供たち。何も悪さをしなければ捨て置いてあげましょう。あわれな話です」

保昌はうなずいた。

「何もなければな」

そしてまた、笛を吹きだした。

紫式部はその音に合わせるように詠んだ。

めぐり逢ひて見しやそれともわかぬ間に
雲がくれにし夜半(よは)の月かな

3

女真の撤退に気勢をあげる兵を見やりながら、清少納言は藤原隆家に言った。

「シュテンがあちら側にいる限り、やつらは何度でも襲撃してくるぞ」

「それはわかっておる。しかし、やつらの戦力を今日の戦でだいぶ削いだ。やつらはいったん能古島で態勢を立て直すだろう」

小式部内侍が言った。

「シュテンだけではないです。さらわれた日の本の民の多くの村人があの島や船の中に。とくに女人が」

「今は余裕がない。何しろあれだけの数の敵だ。我らが全軍そろえてもようやくやつらと同数に足るかどうか。しかも、向こうは歴戦の強兵だ」

小式部内侍はあきらめず言いつのった。

「父に応援を頼むわけにはいきませんか。それなりに兵がいるはずです」

「京から九州は遠い。我らだけでなんとかしなければならない。そして我らが崩されれば京まで応戦できる要所はもうない」

太宰府が落ちれば、京までの間に防衛の拠となる場所はない。

そばで聞いていた清少納言が立ち上がった。

「そろそろ行くか」

小式部内侍が驚いた。

「こんな夜にどこに」

「隆家について行くだけだが」

隆家も驚いた。

「我はどこに行くなどと言っておらんぞ」

「さっきからしきりに外を気にしておる。合図が出るんだろう」

隆家は黙った。小式部内侍が聞いた。

「どういうことですか」

「別に誰でも思いつくこと。やつらにとってシュテンは日の本占領になくてはならない切り札。そのためにわざわざ連れてきた。だが、その切り札は絶対に失えない。今、能古島の奥に守られているであろうが、あの島とてやつらにとってはよく知らぬ異国の地。とすればどうするか」

小式部内侍は叫んでいた。

「女真は夜の間に、シュテンを別の場所に移すということですか」

「こちらからは見えぬ、島の反対側からな」

「そのような動きをずっと見張っていたということですか」

小式部内侍は隆家を見た。隆家は無言だったが、その顔が物語っていた。

清少納言はかぶせるように言う。

「なんか動きがあったのだろう。合図か。それでは、行くぞ」

隆家が立ち上がって手を振った。

「なぜおまえが行こうとするのだ。戦えもせぬのに」

「シュテンを取り返す交渉事になったら通詞がいるであろうが。それまではおとなしくしておるぞよ」

「そういう事態になったら呼ぶわ。それまでは寝ておけ」

「事が起こるは対岸であろう。間に合わぬではないか」

隆家は説得するのも面倒くさくなったようだ。

「ならよい。勝手に来い。その代わり、死んでも文句を言うな。誰も手助けはしないぞ」

小式部内侍も立ち上がった。

「それならわたしも行きます」

「何をそんな、行列でもあるまいに」

「シュテンが現われるなら、わたしが何かの役に立つやもしれませぬ。お願いします。後ろの方に控えて絶対に邪魔しませんから。見ているだけにしますから」

隆家はため息をついた。

「もう本当に知らぬ。勝手にしろ。しかし馬に乗らねばならぬぞ。わかっているのか」

小式部内侍は微笑(ほほえ)んだ。

「わたしは乗れるのです。摂津でだいぶ鍛えましたから」

清少納言は言った。

「わたしは乗れぬから、あんたの後ろにでも乗せてもらおうか」

隆家はもう何も言わなかった。


三人は兵とともに筑前へ渡った。

場所は、能古島が真東に見える、毘沙門山(びしゃもんやま)の浜。

待っていたのは土豪の武将、大蔵種材(たねき)。すでに老境に入っているが、博多の荒い風土で鍛えてある身体は頑健である。

隆家は聞いた。

「して、動きは」

「目のよい者が交替で島を見張っておりました。向こうとてこちらに動きは悟られたくはないでしょう。されどやはり異族。明かりなしで夜間に船を動かすことはできませぬ。西の岸に灯火が」

「そこから大部隊を出すのか、それとも小規模に抜け出そうとしている船を出そうとしているかはわかるか」

「大部隊かと」

緊張が走った。

「それはいかがな理由か」

「明るすぎます。遠目に見ても百に近い灯火」

「こんな夜中に大部隊を動かそうというのか」

大蔵種材はここで隆家の後方の女たちに気づいた。清少納言と小式部内侍である。

「何ですか、おなご連れとは」

隆家は弱々しく手を振った。

「気にするな。それより異族たちの動きは我らの想定と違うようだ」

「いかにも。想定ではやつらは主力を湾岸に集め、大事な玉（ぎょく）を別働隊で逃がすだろうというものであった。されど見よ」

海面に光る、小さい炎。しかし数は多い。

大蔵種材は手をあげた。

「やつらの動きをどう見る」

隆家も眼を細めて灯火の群体を見つめている。

「やつら、主力をこちらに振り向ける気か」

「そはいかに」

「我らの主力は能古島の対岸にある。昼中、合戦をした浜。されどさすがに大部隊が進軍できるだけあって懐(ふところ)が深い。我らがやったように別働隊がいくらでも伏兵できる。やつらとしては二の舞はごめんだろう」

「それで上陸地を変えようというのか」

「おそらく」

　大蔵種材は手を下げた。そして地を指した。

「ここにか」

「そうであろう。やつらは篝火(かがりび)を焚(た)き、船を西に移した。おそらく夜が明け次第、突撃してこよう」

「まずいぞ。主力は湾岸。筑前には我らしかおらぬ。ひとたまりもない」

「こうしてはおられぬ。われは駆け戻り、援軍を手配してくる」

　隆家が叫んだその後ろから、女の笑い声。

「火影(ほかげ)におとるもの、紫の織物。藤の花。すべてその類(たぐひ)はみなおとる。紅(くれなゐ)は月夜にぞわろき」

　清少納言である。

第十七段　酒呑童子、小式部内侍と再会す

1

隆家が声を荒らげた。

「何だ、この忙しい時に邪魔するな」

「その地に上陸などありえぬぞ」

清少納言は言い切った。豪族の大蔵種材は鼻で笑った。

「理由を言うがよい」

「能古島の西、この筑前の地はすぐ毘沙門山。浜がない。船を着けたとしても展開できぬではないか」

「それはそうだがそれは我らも同じ。こんな狭い地で打ち合ってはひとたまりもない」

「別にこんなところでやる必要なかろう。敵がわらわらと上陸してきたら、山の中に隠れて好きな時に襲えるではないか」

あ。大蔵種材は絶句した。慌てて言葉を継いだ。

「しかしそんなことをするにはここには武士が足りていない」

「それが敵にわかるか」

あ。再び大蔵種材は言葉を失った。清少納言がさらに言葉を継ぐ。

「異族が大挙してこの毘沙門山に上陸するのは百害あって一利なし。軍を細く散らさなければならなくなる。それは地の利で劣るやつらにとっては致命的。まして、どこから襲われるかわからないような伏兵だらけの地に上がろうか。ありえぬ。素人ならともかく、向こうは百戦錬磨なのであろう。であればなおのことありえぬ」

「では向こうの篝火はなにゆえに。あの数はただ事ではあらぬ」

「知れたこと。囮(おとり)である」

「ぬ」

「こちらが灯火に対応し、武士たちを半分でもこちらに移せば博多の浜が空(あ)く。日の出とともに総攻撃がかけられる」

「やはり狙いは博多の浜か」

「そうであろう。やつらの利点は数と力。それを活かせるとなれば広い地形でなければならぬ。我らの数が減っておれば、力押しで突破できる。昼間の戦もあと一歩まで攻め込まれていたではないか」

隆家はうなった。

「清少納言、なぜそこまでわかるか」

「何を言うか。孫子くらい読め」

　大蔵種材は言った。

「では我々は何もせぬ、でよいのだな」

「よいわけがない。やつらの囮には囮で応じるべきである」

「何のことだ」

「やつらは篝火を焚いて陣を対岸に移動したふりをした。ではこちらとて同じことをしたと相手に見せねばならぬ。やることは簡単。誰か馬に乗らせて松明を持って浜と筑前の間を往復させよ。十人でよい。さすれば向こうにはあたかも大軍を移動させたかのように見える」

　大蔵種材と藤原隆家は顔を見合わせた。

「やつらをだまし返すのか」

「いかにも。博多の浜には全軍をもって迎え撃つ準備じゃ。さらに言えば、夜明け前にわざと浜をがら空きにしておいて、一気に奥まで誘い込む。そして、油断したところを殲滅する」

　大蔵種材は手をあげて配下を呼んだ。

「でかしたぞ、清少納言とやら」

　二人の配下に松明の策を告げる。それから隆家と早口で言葉を交わす。二人は慌ただしく戦の準備のため走っていった。

　小式部内侍がぼそっと言った。

「シュテンはどうやら動かされないみたいですね」

「そうだな。浜の占領が先と考えているだろう」

「わかります」

　小式部内侍は言葉を切った。清少納言は叫んだ。

「隆家はおらぬか」

「何だその呼び方は。こんないらだつ時に、さらに人をいらだたせるな」

「次の備えだが」

「次もその次もあるか。敵が全力で博多の浜を奪いに来るとわかった以上。我は博多の警固所に戻る。そなたらはどうする」

「ここにとどまる。ここの方が安全だからな」

「わかった。様子を見て伺う」

　隆家は去った。清少納言が叫んだ。

「少し待て」

　しかしそんな言葉は届かなかった。すでに馬に乗った隆家はさっさと姿を消していた。

「しまったな。シュテンのことをどうするか話したかったのに」

もちろん男たちは戦の備えに忙しい。

しかし、大蔵種材が少しして戻ってきた。

「おなごどもはこの場にとどまるのか。戦場がここでないと言うなら、確かにここは安心だが」

「とりあえず、あちらの浜には帰らぬぞ」

「それならよい」

大蔵種材は少し疲れたのかどっかと草原に座り込んだ。

「のう、清少納言とやら」

「なんだ」

「一体何であろうな。この戦。博多の地におればこそ、わしも幼い頃よりけんかに明け暮れてきたが、言葉も何もかも違う異族との戦は初めてじゃわ」

「それは私もだわ」

「聞けばやつらは目と鼻の先の高麗からではなく、さらに奥の大陸から来ていると言うではないか。一体、何が悲しくてそんな遠き彼方より、ここへ来なければならなかったというのか」

清少納言はかすかに笑った。

「男こそ、なほいと在り難く怪しき心地したるものはあれ。いと清げなる人を棄てて、憎げなる人を持たるもあやしかし。おほやけ所に入り立ちする男、家の子などは、あるがなかによからむをこそは、選りて思ひ給はめ。およぶまじからむ際をだに、めでたしと思はむを、死ぬばかりも思ひかかれかし。人のむすめ、まだ見ぬ人などをも、よしと聞くをこそは、いかでとも思ふなれ」

「なんだそれは」

「男という者はそういうものと思っておったわ」

「よくわからん」

「では聞くが、博多者よ、もしそなたが武士を山ほど抱え、ぶんどれるとなれば大陸をとりに行くか」

大蔵種材は少し黙った。

「わしがもう少し若く、さらに確実にぶんどれるとなれば考えるかもしれぬな」

「であろう。やつらはそれをやったに過ぎぬぞよ」

「日の本は我らの国だ。ありえぬな」

「そう言うそなたこそ、確実にとれるとなれば大陸にでも行くと言ったではないか」

「それはわが日の本の民だからである。帝へ手土産として献上できるやもしれぬ」

「大陸にも帝はおるぞ。別の姿をしておるだけじゃ」

「それは帝ではない」

「そういうことじゃ。今度はどうなるかわからぬ。されど大陸はとれるとなれば、いつでも日の本を取りに来る。もしかしたら遥かな未来、日の本が大陸を取りに行くかもしれぬ。男とはそういうもの」

聞いていた小式部内侍が言った。

「しかしシュテンは女です」

「女だろうが男であろうが、生まれ落ちた時から利用されるが定め」

清少納言が返した言葉は闇夜にとけていく。大蔵種材が立ち上がった。

「その因果、断ち切らねばならぬな」

2

翌朝。未明から多数の船が能古島から博多の浜へ進軍して来た。

博多湾。

隆家のもとに次々と悲痛な声が寄せる。

「敵、極めて猛勢」

土塁が血に染まっている。

異族たちが次々に武士たちに襲いかかっている。

予期していたことではあるが、実際の敵に対すると慄（おのの）きが勝る。

隆家は言った。

「あいつが強いな」

敵の中央に、文字通り熊みたいな兵がいる。遠くからでも腕と足の太さが異常だとわかる。鉄棒を軽く振り回し、周囲を吹っ飛ばしてくる。

平致頼が言った。

「このままでは守り切れません」

「なんとか守れ」

矢を射かける。

しかし敵の数は多い。あっという間に石垣まで迫る。警固所もすぐだ。

「早すぎる」

敵の攻勢は想定を上回っている。

早く動け。筑前。大蔵種材。

筑前の高台から、大蔵種材は眺めている。

下方に能古島が見える。小さな船が朝日に隠れるように対岸の博多の浜へと飛び出ていく。櫓の動きが力強い。

大蔵種材は清少納言に言った。

「やはりそなたの読み通りであったの。敵方は我らが守りをかなり筑前に割いたとみて、正面から全力で浜をとりに来ておる」

「短い間に上陸を果たそうというのであろう。筑前に行ったはずの武士たちが戻ってきて退路を塞ぐ前に、内陸に陣取るつもりであろう」

「大宰府隆家どのがうまく敵を引きつけてやってくれるだろう」

小式部内侍が後ろから聞いてくる。

「シュテンが動いた様子は」

清少納言は振り返る。

「まだ浜も占領しておらぬのに、動くはずもあるまい。能古島の奥にかくまわれておるはずだ。それにしても、やはりあれが気になるか」

「私の、生まれてから今までの大事なところに、いつも大江山でのことが絡まっているのです。その最たるものが、あの女」

大蔵種材が駆け寄ってきた武士と話を交わし、そして言った。

「どうやら敵の船はもう大半が浜へ攻撃に出尽くしたようだ。我らもそろそろ動くとしよう」

「と言いますと」

小式部内侍がまた聞くと、大蔵種材は手を振った。

「敵があらかた船を出し、がら空きになっている間にこちらは能古島を占領する。酒呑童子も手に入ればもう完璧である」

「されど昨晩は武士を動かしたふりをしただけで、筑前には誰も来てない」

「そんなことはない」

大蔵種材は海面を指した。

少し遠く、櫓をこぐ大量の船。

小式部内侍がまた叫んだ。

「あれは一体どこから」

「肥前(ひぜん)より」

「半島を回り込んで西からですか」

「いかにも。これは国の一大事、全力で事に当たらねばならぬ」

清少納言が言った。

「さて、私はどの船に乗せてもらおうかの」

「何を言っておるか。戦場におなごを連れて行けるか」

「何を言っておる。相手は異族ぞ。言葉の通じる者がいなければ、話もできぬし、降伏も勧められぬ」

大蔵種材は圧された。清少納言はあっさりと続ける。

「おぬしの船がよいわ。強いのであろう」

「く。やむを得ぬ」

清少納言が船に乗ろうと高台を下りはじめた時に、小式部内侍が走って追いかけて来た。

「私も行きます」

大蔵種材は今度も怒った。

「一人だけでも面倒なのに、若いおなごはさらに面倒なだけじゃわい」

「でもシュテンがいる以上、私がいたほうがいい場面もあるんじゃないでしょうか」

清少納言は大蔵種材に言った。

「若い女一人をこんな山の中に残すのも差し障りあるのではないか」

大蔵種材は、むぅと押し黙ってしまった。

「いいぞ、もっと攻め込め」

大量の船で未明のうちに博多の浜に上陸した異族は、抵抗を受けながらもなんとか浜を押さえた。

首領のバクト自身はまだ能古島で待機しつつ、浜に上がった女真族たちが侵攻する様子を眺めていた。

あいつの活躍が楽しみだ。

グフー。バクトの弟である。

隆家が、強いと評したのは、このグフーである。体格は兄よりずっといい。前回は隠しておいたのだが今回は敵の守りを切り崩す大将として使ったのだ。

昨日も抵抗は受けたがなんとか浜は占領し、沿岸の村から女や奴隷にする男をかき集めることはできた。問題はそこから先、塁に頼って土民どもが抵抗している。あれを崩さないことには博多を制したとは言えぬ。

昨日もおしいところで外から回り込まれ、船を攻撃された。今日も伏兵はあるだろうが、速度と強度を高め、土塁の向こうまで到達さえしてしまえば、こんな小さな島にとどまることはない。あとは、日の本というもう少し大きな島で、暴れるだけ暴れてやるだけだ。もともと大陸の広々とした地形の中で戦ってきたのだ。船も、島も、性に合わぬ。

「本日も土塁に苦戦中」

報が届く。

「なんとかやれ。敵の戦力が半分であるうちに」

バクトは命令した。

篝火を使って土民の注意を他にそらせた策は功を奏している。一気に敵の塁まで取りつけているからだ。だが、陽も高くなれば、だまされたと気づいて分散した兵は戻ってくる。そうなれば今日も撤退するしかない。

たかがこんな島ひとつの攻略に、何日もかけてはいられない。日の本を支配下に置き、女真族の頭目としての地位を確立しなければならないのだ。

その時、さらに部下から報が。

「大量の船、西から！」

何だと。

そうか、その手があったか。

こちらが囮を使って西の山に土民どもの兵力を集めさせた。おかげで現在浜は手薄だが、こちらが攻めたのを見て、逆にこの能古島に逆に攻め込んでこようというのか。

「わが兵は何人残っている」

「あまりいません」

まずい。弟のグフーをはじめ、兵の大半を土塁崩しに派してしまった。

考えうることではあったのに。とにかくシュテンだけは確保しなければ。

「行くぞ」

パクトは部下を連れて走った。

清少納言らを乗せた船は、他の博多武士たちと共に能古島の西岸へこぎ寄せた。

予想した通り、そこには火を焚いた跡だけが残る、もぬけの殻だった。

大蔵種材は武士たちに叫んだ。

「二手に分かれる。八割は沿岸に回り、敵の本隊を叩け。我らは山を登り、敵首領を急襲する」

清少納言はため息をついた。

「我らは山登りじゃな」

小式部内侍が背中を押した。

「仕方ないです。シュテンがいると思われるのはそちらなのですね」

大蔵種材はうなずいた。

「能古島は小さいが山がちでな。なだらかな地形は岸沿いにしかない。船や武士はそこに集めるにしても、人を守るには不向きじゃ。いるとすれば山の中。古代の墓のある、わずかな平坦地」

さすがは土豪の武士。大蔵種材は島の地形を把握していた。

能古島の山もさほど深くはなかった。武士に先導されるままに、清少納言は緩やかな山道を上り下りしているうちに視界が開けた。

「何と罰当たりな」

大蔵種材が怒っている。

清少納言がのぞき込むと、墓石らしき巨石がばらまかれて陣地のようになっている。異族たち十数人の姿が見えた。

清少納言は聞いた。

「あれはなんだ」

「この島にある古き墓じゃ。数百年前の先人が眠っておる。その墓を暴いて石を使い、やつらは仮住まいにしよった」

「みささぎ」

清少納言がつぶやきかけて黙った。大蔵種材は独り言のように言った。

「異族が来るということは、こういうことであったの。言葉が違うなどは小さい相違に過ぎぬ。我らの敬うものを敬えず、我らの愛する者、我らの悲しむことも知らず。やつらにはやつらの別の天があり、別の地があり、あわれさえも違う」

小式部内侍が後ろから聞いてきた。

「あの中にシュテンがいるのですね」

「まず間違いない」

緊張が走った。

博多の浜で指揮をとる藤原隆家のもとに、また平致頼が走ってきた。

「見えました」

「ついに始まったか」

大蔵種材率いる別働隊が能古島に上陸し、異族に攻め込んでいる。

前回は島へ逃げ帰った女真族だが、今度はその退路さえも塞いでしまえる。

たちまち能古島の岸辺から煙が上がり、戦の様子が離れた対岸にも伝わってくる。女真族が浮き足立つのが手に取るようにわかる。

「よし、もっと慌てろ」

隆家が思わず叫ぶと、平致頼が言葉を継いだ。

「異族の猛勢が止まりました」

女真族。拠点の能古島を守るか、それともこのまま一気に攻め込むかで悩み、束の間動きをとめたようだ。

隆家は叫んだ。

「今ぞ、かかれ」

合図となる旗をあげる。加えて狼煙(のろし)を焚く。

今日も側面に待機していた伏兵が一気に飛び出す。動きをとめた女真族の部隊に、左右から攻めかかる。

　グフーは叫んだ。

「何、やつらこれだけの兵をまだ隠しておったのか」

　たちまち上がる鬨の声と血しぶき。

　女真族は次第に数を減らしていく。

「もはや島にかまうな。一気に塁を崩せ」

　警固所で平致頼が叫ぶ。

「敵、劣勢。されど塁にとりついた一部、極めて猛勢」

「手ごわいな」

　敵味方の怒号と悲鳴が聞こえる。

　血しぶきさえ飛んでくる。

　ついに熊が現われた。隆家の目前に。

　めちゃくちゃな突撃をしてきたらしい。全身血まみれであちこち傷を負っている。にもかかわらず、それを気にすることもなく動き、こちらの兵を鉄棒で数人一気に吹き飛ばした。

隆家は一歩前に出た。

「やはりおまえだけは来ると思っていた」

対峙(たいじ)するふたり。武を磨いてきた隆家と女真の強兵グフー。

「我は藤原隆家。おまえは強いが、ここにはもう、おまえだけだ」

隆家は刀を抜いた。


対岸から怒号とも悲鳴ともつかぬ声が聞こえた気がした。

振り向けば、煙も数本空に立ちのぼっている。

大蔵種材は声を大にして言った。

「よし、敵が慌てふためいて海岸へ出て行くぞ。ここにはもうろくに残っていまい」

小式部内侍が後ろから聞いた。

「シュテンが動いた様子はないですか」

「動きはない。たぶん墓の奥に閉じ込められているのだろう」

「なんてかわいそうに」

清少納言は大蔵種材に聞いた。

「絶好の機会だ。我らの方が圧倒的に数が多い。どう攻める」

「しかしやつらは石の洞(ほら)の奥に潜んでいる。まともに攻めれば長引くし、膠着(こうちゃく)するぞ。

ややもすると敵が戻ってくる」

「では引っ張り出すしかないな」

清少納言は小式部内侍を呼んだ。


石室の中で、酒呑童子は声を荒らげる。

「何で私がこんな狭い、暗いところにいなければならないのだ」

女真族たちはなだめるのに必死だった。

「どうか戦が収まるまでここにいてください」

他の女のように殴って言うことを聞かせることもできない。この女には手を出すどころか、暴言さえも禁じられていた。それでへそを曲げられたら、この国の攻略に支障を来す（きた）からだ。

「いやだ、外に出せ」

シュテンがまた暴れようとした時、若い女の声が聞こえた。

「シュテンー！」

3

シュテンは制止を振り切り飛び出そうとする。

「おやめください」

女真兵たちの言を素直に聞き入れるシュテンではない。

「離せ、あの女がそこにいるのだ。どけ。捕まえろ。早く」

腕をはねのけ飛び出す。女真兵もシュテンを囲んで一緒に外に走った。そして声の主を捜す。

見ると崖の上に若い女が一人。声を張り上げて呼んでいる。

戦場に女一人、あまりにも不自然だ。

百戦錬磨の女真族はすぐに理解した。

「これは罠です。戻りましょう」

シュテンを抱え込み、石室内に戻ろうとする。

空から飛来する鏑矢が。と同時に一斉に武士たちが姿を現わし、女真兵ともどもシュテンを囲んだ。

「狙いは酒呑童子一人。生け捕りにせよ」

大蔵種材が叫んだ。

小式部内侍は崖を滑り下りる。

「シュテン！」

後ろから清少納言が引き留めようとする。

「危ない。下は戦の真っ最中だ」

「でも、シュテンがあそこに」

「ひどい目に遭わされた相手ではなかったのか」

小式部内侍は振り返る。

「確かにそうです。でもたとえそうだとしても、私はあの子にわざわざ会いに行った。ここまで来た。私しか、あの子の気持ちがわかる者はいません」

小式部内侍は確かな足取りで、踏みしめるように崖を下りていく。

清少納言はため息をついて、その後をついて行った。

博多湾に臨む、太宰府警固所では、剛の者同士の戦いがはじまろうとしていた。

隆家とグフー。

隆家は一歩下がった。

この女真族は腕も足も太さが隆家の倍はある。武士数人を一度の打撃で吹っ飛ばした。齢四十を超えた隆家がまともに戦って勝てる相手ではない。

しかし、この女真は上陸してからここにたどり着くまで、ひたすら戦闘を重ね、疲弊している。動きが鈍らぬはずがない。しかもあちこちに傷を負い、出血している。

さらに体力を削るしかない。

隆家は叫んだ。

「槍だ」

平致頼が槍を持ち、グフーの背中を狙う。注意がそれる隙に隆家は剣を振り、やつの手足のどこでもいい、当たるところから切りつける。

グフーが叫んでいる。言葉はわからないが意味はわかる。卑怯だぞ。

「勝負ではない。殺し合いをしているのだ」

鉄棒が振り下ろされる。耳を聾する唸り音。舞う砂煙で目もかすむ。

しかし、それは敵も同じ。

隆家は刀をすくい上げた。グフーが下ろした鉄棒に合わせるように。

狙い通り、グフーの左腕に刃が走る。腱は切れただろう。もう左腕は使えない。

「今だ」

隆家は声をあげた。

背後から平致頼の槍。

革の薄い鎧ごと、大樹のような身体を貫き通した。巨体は地響きを立てて地に倒れた。

隆家は大きく息を吐いて言った。

「終わったか」

「はい、残る異族はちりぢりに逃げまくっています。殲滅のため追撃いたします」

「よし、船を出して追撃せよ。私は能古島に行く」


能古島では、シュテンを守る女真兵が次々討ち取られていく。いかに異族の強兵とはいえ、三人ほどで囲まれては勝ち目はない。薙で斬りにされる。

囲みの中で、シュテンは行き場を失っていた。そこに小式部内侍が駆け下りてくる。

「シュテン、早くこちらへ」

シュテンは叫んだ。

「おまえこそこちらへ来い」

「わたしはそちらへは行きません。あなたがここに」

思わず酒呑童子は数歩前へ出る。周りで殺し合いをしている武士と異族に一切かまわずに叫ぶ。

「おまえは一体何だ。どうしていつもわたしのそばにいない。それなのにいつもわたしのところに来て引っかき回す。何なんだ」

「あなたはそこで幸せではないから」

「なんだと」

「シュテン、この国の民になりなさい」

シュテンは言葉を失い呆然とする。その顔は異族の切り札たる混血の王女ではない。ただの二十歳の女子でしかない。

小式部内侍は静かに言う。

「異族をやめて、この島で、歌を詠み、恋をして子供を産んで、草の根のように生きるのです。他のみんなみたいに。こんな血が舞う中に、あなたはいてはいけない」

「わたしはシュテンだ」

「それがどうしたというのですか。あなたはシュテンで幸せですか。あなたの母、リルは幸せでしたか」

女真族が慌ててシュテンを捕らえようとする。大蔵種材はそいつを背中から深く斬りつけて叫んだ。

「酒呑童子、早く女のもとに行け」

シュテンは一瞬怪訝(けげん)な顔で大蔵種材を見たが、そのまま走り出す。

小式部内侍のもとに。

なぜか泣いていた。

「会いたかった」

小式部内侍も言った。

「わたしも」

二人はしっかりと抱き合った。

「すまなかった。悪かった。ひどいわがままをずっとずっとおまえにぶつけていた」

「いいのです、もう。あなたにそれしかなかったことはわかっていました」

そこに低くの太い声が響く。

「邪魔をするな」

バクトが姿を現わした。

4

バクトは数人の手下とともに弓を引き絞り、離れた位置から歩いてきた。

「シュテンを返して立ち去れ。でなければ矢を放つ」

言葉は日本の武士たちにはわからない。わかる清少納言が叫び返した。

「もうおぬしらは終わりじゃ、この期に及んで暴れるでない。さっさとこのまま何も獲らずに立ち去るがよい」

「何だと。女ごときに言われる理由はないわ。殺すぞ」

「われ以外におまえの言葉をわかるものはいないわ。この島国が欲しくば、まずこの国の言葉を覚えてから来い」

日本武士とバクトはにらみ合った。

武士は数十名。新たに現われたパクトらはわずか数名。まともにやり合って女真に勝ち目はない。しかし、バクトらは矢を相手に向けている。動けば必ず誰かが矢で死ぬだろう。

大蔵種材は手を振った。

数名後ろから回り込め。そういう合図を送った。しかし間に合うか。

バクトはさらに叫んだ。

「無駄な動きをするな。とにかくその女をこっちによこせ。そしたらこちらも黙って引いてやる」

清少納言はまた言った。

「どうかな。能古島の浜はすでに押さえたぞ。おまえたちにもう逃げ道はない。おとなしく降参すればよし。さもなければここで死ね」

女の言葉はバクトの怒りを倍増させた。

「死ねい」

矢が放たれた。

大蔵種材は清少納言が狙われることを読んでいた。言葉が通じる。しかもことごとくうとまれる。真っ先に標的にされるだろう。

持っていた盾を清少納言の方に放る。

バクトが放った矢は、清少納言の目前で投げられた盾に吸い込まれた。それでも盾を貫きかねない凄まじい威力。

大蔵種材は叫んだ。

「今だ、二の矢の前に突撃ぞ」

日本武士が鬨(とき)の声を上げ、バクトたちに突っ込んでいった。

女真族も矢を捨て、曲刀に持ち替えた。たちまち上がる金属音と血しぶき。

清少納言は叫んだ。

「この隙にシュテンを連れて船に乗るのだ」

「はい」

小式部内侍はシュテンの手を引いて走り出した。

崖をのぼろうとした時。

飛び下りてくる女真族二人。

「なぜ上から」

大蔵種材が叫んだ。

こちらが別働隊を回り込ませたように、女真族も数少ない人員を割いて、崖を回り込んでいたのだ。

大蔵種材は手槍で一人と打ち合う。

しかし、女真族は二人。もう一人がシュテンの前に回った。

「助けに来ました。参りましょう」

シュテンは小式部内侍にしがみついた。

「いやだ、行かない」

「何を」

「わたしはこの国の民になるんだ。日の本の民だ。この国で育ったんだ。おまえたちのもとにはもう帰らない」

命令によりシュテンだけには手は出せない。女真族が戸惑っているところにシュテンは言葉を連ねた。

「おまえたちはわたしに何をした。話も聞いてくれなかった。何もしてくれなかった。わたしを人とも見てくれなかった。わたしだけじゃない、母もそう。母は最初から諦めていた。そういうものだって。でもわたしは違う。もう違う。わたしにはずっと、そばにいて、見てくれた子がいるんだ。そしてこれからもずっと」

その時、バクトは周囲の武士たちを強引に吹き飛ばし、シュテンのもとに走り出していた。そして叫んでいた。

「こんな国にいかほどの価値があろうか。大陸ははるかに広く、深い。女真族がこの島を手に入れた暁（あかつき）には、大陸を差し上げましょうぞ」

答えたのは清少納言。清少納言は振り返った。

「人がいなければ大陸はただの土塊（つちくれ）。人を、しっかりと人と見る者が住まねば、どんなに広い世界でも、何もないのだ。わからぬか」

「何を訳のわからぬことを。隣の土民の女のせいか。女を殺し、さっさと捕まえろ」

女真兵が刀を振りあげ、小式部内侍に斬りつけた。

赤い血が飛び散る。

「あ」

その時、敵味方全てが動きを忘れた。

倒れたのは酒呑童子と呼ばれた女の方だった。

刀は、シュテンに食い込んでいた。

とっさにシュテンは小式部内侍を突き飛ばし、身を挺（てい）してかばっていたのだ。

一瞬戸惑う女真兵に矢が飛んだ。女真兵は背後から矢を受けてくずおれた。

「間に合ったか」

藤原隆家だった。

次の瞬間、狙いすました矢が、バクトも貫いていた。

「ちきしょう」

バクトは続けて数本の矢を浴びて絶命した。

「遅いわ」

清少納言がわめいた。

小式部内侍はシュテンに駆け寄った。

「大丈夫だから」

シュテンは薄く笑ったように見えた。そしてかすかな声で言った。

「わたしでも、こんなわたしでも、この国で、普通に暮らせたのか。子供を残せたのか」

「何言っているの。みんなそうするために生まれてきたんでしょう。シュテン、死なないで」

「つ、次に、生まれる時は、もう一度、この国に、最初から」

言葉は途中で途切れ、シュテンは目を閉じた。

5

女真族はちりぢりになって逃げたが、最後にやけのように松浦(まつら)郡を襲撃し、村を焼き女を奪い、奴隷とするために男をさらっていった。

藤原隆家は追撃を命じた。しかし、国の境を越えて追うなとも命じた。

「異国の地まで追撃するならば、我らが異族になろうぞ」

女真族は大陸に戻るまでに半島の高麗も襲撃したが、弱体化しており、手ひどい返り討ちに遭ったという。足手まといとなる奴隷や女たちは海に投げ捨てて逃げていった。日本から奪い去られた者たちは、そのほぼすべて命を落としてしまった。

伊周という名が噂に残ったのだろうか。歴史家はのちに『刀伊の入寇(にゅうこう)』とこれを命名した。

終段

それから約百年の時を経て、女真族はついに宿敵の契丹族を破り、大陸東北部に『金』という王朝を建国する。それは宋王朝を圧迫し、華北のほとんどを領地とする大帝国にまでなる。

金王朝はしかし勃興したモンゴル帝国により滅亡させられ、また長い雌伏の時を迎えるが、女真族は再び歴史の表舞台に躍り出、ついに大陸をすべて制覇してしまう。三百年続いた『清』である。

清は近代化した欧米の前に王朝こそ滅びたものの、大陸の支配者としての人民は動くことはなかった。従って現在の『中華人民共和国』もまた女真族の国なのである。

さて、日本。

『大鏡』には藤原隆家と道長がのちに再会した時の話が残っている。

道長が土御門の邸宅にわざわざ隆家を呼んで気楽にするように言ったという。

「はやく直衣の紐をお解きください。興がさめてしまいましょう」

隆家はご機嫌が悪くなって声荒らかに返したという。

「この隆家はおまえたちにこんなふうにされる身分ではないわ」

ところが、入道道長は笑った。

「今日はそんな冗談事はなしにしましょう。紐はこの道長がお解きしますよ」

自ら隆家に近づき、膝をついてひもを解いてやったという。

隆家は機嫌を直した。

「こういう扱いこそ、私にはふさわしい」

自分はよほど国のために大事をなし、関白にも貸しを作ったと思っていたらしい。

そして隆家は、一旦は京に戻ったものの、のちに自ら志願してまた太宰府に赴き、終生を国の防衛に尽くしたという。

小式部内侍は京に戻り、母和泉式部と共に歌人として名を残す。

大江山いくのの道の遠ければ
まだふみも見ず天橋立
小式部内侍

しかし小式部内侍は出産の際に、まだ二十代半ばの若さで亡くなってしまう。母の和泉式部は深く悲しんだということである。

紫式部はこの後すぐに宮仕えを辞し、『源氏物語』の執筆にいそしむようになる。

そして清少納言は。

相変わらずあちこちをうろついてはいちいちもめ事に首を突っ込み、よせばいいのに引っかき回していたらしい。

その傍証として、日本全国なんと八か所に「清少納言はここで死んだ」と言われる墓が残っている。よほどうとまれ、またよほど愛されなければ、こんなにも墓を作ってもらえないだろうと思われるが、どうであろうか。

枕草子 突撃清少納言

一〇〇字書評

切り取り線

購買動機（新聞、雑誌名を記入するか、あるいは○をつけてください）

□（　　　　　　　　）の広告を見て	
□（　　　　　　　　）の書評を見て	
□ 知人のすすめで	□ タイトルに惹かれて
□ カバーが良かったから	□ 内容が面白そうだから
□ 好きな作家だから	□ 好きな分野の本だから

・最近、最も感銘を受けた作品名をお書き下さい

・あなたのお好きな作家名をお書き下さい

・その他、ご要望がありましたらお書き下さい

住所	〒				
氏名		職業		年齢	
Eメール	※携帯には配信できません	新刊情報等のメール配信を 希望する・しない			

この本の感想を、編集部までお寄せいただけたらありがたく存じます。今後の企画の参考にさせていただきます。Eメールでも結構です。

いただいた「一〇〇字書評」は、新聞・雑誌等に紹介させていただくことがあります。その場合はお礼として特製図書カードを差し上げます。

前ページの原稿用紙に書評をお書きの上、切り取り、左記までお送り下さい。宛先の住所は不要です。

なお、ご記入いただいたお名前、ご住所等は、書評紹介の事前了解、謝礼のお届けのためだけに利用し、そのほかの目的のために利用することはありません。

〒一〇一－八七〇一
祥伝社文庫編集長　清水寿明
電話　〇三（三二六五）二〇八〇

祥伝社ホームページの「ブックレビュー」からも、書き込めます。

www.shodensha.co.jp/bookreview

祥伝社文庫

枕争子 突撃清少納言

令和6年7月20日　初版第1刷発行

著者　町井登志夫
発行者　辻　浩明
発行所　祥伝社
東京都千代田区神田神保町3-3
〒101-8701
電話　03（3265）2081（販売部）
電話　03（3265）2080（編集部）
電話　03（3265）3622（業務部）
www.shodensha.co.jp

印刷所　堀内印刷
製本所　積信堂
カバーフォーマットデザイン　中原達治

Printed in Japan ©2024, Toshio Machii ISBN978-4-396-35068-0 C0193

祥伝社文庫の好評既刊

今村翔吾 **火喰鳥** 羽州ぼろ鳶組

かつて江戸随一と呼ばれた武家火消・源吾。クセ者揃いの火消集団を率いて、昔の輝きを取り戻せるのか!?

今村翔吾 **夜哭烏** 羽州ぼろ鳶組②

「これが娘の望む父の姿だ」火消としての矜持を全うしようとする姿に、きっと涙する。最も"熱い"時代小説!

今村翔吾 **九紋龍** 羽州ぼろ鳶組③

最強の町火消とぼろ鳶組が激突!? 残虐な火付け盗賊を前に、火消は一丸となれるのか。興奮必至の第三弾!

小杉健治 **札差殺し** 風烈廻り与力・青柳剣一郎①

旗本の子女が自死する事件が続くなか、富商が殺された。頬に走る刀傷が疼くとき、剣一郎の剣が冴える!

小杉健治 **火盗殺し** 風烈廻り与力・青柳剣一郎②

江戸の町が業火に。火付け強盗を利用するさらなる悪党、利用される薄幸の人々のため、怒りの剣が吼える!

小杉健治 **八丁堀殺し** 風烈廻り与力・青柳剣一郎③

闇に悲鳴が轟く。剣一郎が駆けつけると、斬殺された同僚が。八丁堀を震撼させる与力殺しの幕開け……。

祥伝社文庫の好評既刊

神楽坂　淳　**金四郎の妻ですが**

大身旗本堀田家の一人娘けいが、嫁ぐように命じられた男は、なんと博打好きの遊び人――遠山金四郎だった！

神楽坂　淳　**金四郎の妻ですが2**

借金の請人になった遊び人金四郎。返済の鍵は天ぷらを流行らせること⁉ 知恵を絞るけいと金四郎に迫る罠とは。

神楽坂　淳　**金四郎の妻ですが3**

「一月以内に女房と認められなければ、他の男との縁談を進める」父の宣言に、けいは……。夫婦（未満）の捕物帳。

佐伯泰英　完本 **密命** 巻之一　見参！　寒月霞斬り

豊後相良藩二万石の徒士組・金杉惣三郎は、藩主・斎木高玖から密命を帯びる。佐伯泰英の原点、ここにあり‼

佐伯泰英　完本 **密命** 巻之二　弦月三十二人斬り

御家騒動から七年後。相良藩の江戸留守居役となった惣三郎は、将軍家をおびやかす遠大な陰謀を突き止める。

佐伯泰英　完本 **密命** 巻之三　残月無想斬り

将軍吉宗の側近が次々と暗殺された。脱藩し穏やかに暮らしていた惣三郎に、町奉行・大岡忠相より密命が！

〈祥伝社文庫　今月の新刊〉

ソン・ウォン ピョン 著
矢島暁子 訳

アーモンド

'20年本屋大賞翻訳小説部門第一位！　怪物と呼ばれた少年が愛によって変わるまで――。

小路幸也

明日は結婚式

花嫁を送り出す家族と迎える家族。挙式前夜だから伝えたい想いとは？　心に染みる感動作。

南　英男

罰　無敵番犬

老ヤクザ孫娘の護衛依頼が事件の発端だった。巨悪に鉄槌を！　凄腕元SP反町、怒り沸騰！

岡本さとる

妻恋日記　取次屋栄三（えいざ）　新装版

妻は本当に幸せだったのか。隠居した役人は、亡き妻が遺した日記を繰る。新装版第六弾。

香納諒一

新宿（しんじゅく）花園裏交番（はなぞのうら）　街の灯り（あかり）

終電の街に消えた娘、浮上した容疑者は難攻不落だった！　人気警察サスペンス最新作！

白石一文

強くて優しい

「それって好きよりすごいことかも」時を経た再会、惹かれあうふたりの普遍の愛の物語。

江上　剛

根津（ねづ）や孝助（こうすけ）一代記

日本橋薬種商の手代・孝助、齢十六。草鞋を購う一文を切り詰め、立身出世の道を拓く！

喜多川　侑

活殺（かつさつ）　御裏番闇裁き

新築成った天保座は、悪党どもに一泡吹かせる絡繰り屋敷!?　痛快時代活劇、第三弾！

町井登志夫

枕（まくらの）爭子（そうし）　突撃清少納言

大江山の鬼退治と外つ国の来襲！　清少納言ほか平安時代の才女たちが国難に立ち向かう！